D1731872

Rote Krimi

MARGARET HERMES

Das Phönix-Nest

THE PHOENIX NEST

Kriminalroman

Deutsche
Erstveröffentlichung

Wilhelm Goldmann Verlag

Aus dem Amerikanischen übertragen von
Friedrich A. Hofschuster

Herausgegeben von Friedrich A. Hofschuster

Made in Germany · 4/83 · 1. Auflage · 1110
© der Originalausgabe 1981 by Margaret Hermes
© der deutschsprachigen Ausgabe 1983 by Wilhelm Goldmann Verlag, München
Umschlagentwurf: Atelier Adolf & Angelika Bachmann, München
Umschlagfoto: Richard Canntown, Stuttgart
Satz: Mohndruck Graphische Betriebe GmbH, Gütersloh
Druck: Elsnerdruck GmbH, Berlin
Krimi 4937
Lektorat: Annemarie Bruhns
Herstellung: Sebastian Strohmaier
ISBN 3-442-04937-7

Die Hauptpersonen

Trout	Sheriff von Fells Harbor
Agronski	sein Stellvertreter
Enid	seine Frau
Eve Galatea	eine malende Touristin
Mildred Hornsby-Adams	eine reiche alte Dame
Gerald Adams	ihr Sohn
Greta Bergstrom	ihre Sekretärin
Dr. Cutter	Hausarzt der Adams
Dr. Cox	medizinischer Sachverständiger
Sophie	seine Frau

Der Roman spielt in Fells Harbor im US-Staat Maine

Für Chris Lange
und für Peter

Kapitel

1

Fast wäre sie am Rand der Klippe ausgerutscht. Ein gewaltiges Zittern lief über ihren Körper, und während sie das Bein ausstreckte, um die Balance wiederzufinden, versuchte sie, auch mit ihren Gedanken ins Gleichgewicht zu kommen. »Die Polizei. Ich muß jetzt zur Polizei gehen.« Sie trat zurück und achtete darauf, daß sie sich nicht die Strümpfe zerriß an dem rauhen Gestrüpp, das am Rand des Überhangs wucherte. Mit entschlossenen Schritten ging sie zu ihrem Wagen. Jetzt war die Zeit gekommen, etwas zu unternehmen. Sie fuhr direkt zum Büro des Sheriffs und verlangte, den Leiter der Dienststelle zu sprechen.

»In welcher Angelegenheit, Lady?« murmelte der junge Mann mit dem aprikosengroßen Adamsapfel, der in einer Ausgabe von Chandlers *Frau im See* blätterte. Dann blickte er auf und musterte sie, setzte sich aufrecht hin, nannte sie »Ma'am« und reichte sie an Trout weiter.

Trout saß ihr gegenüber am Schreibtisch und addierte in Gedanken, was er beobachtete. Eine attraktive Frau, Mitte Dreißig, auffallend elegant gekleidet, schon am Vormittag. Sie trug ein graues Schneiderkostüm, graue Schuhe, eine graue Handtasche, sogar einen grauen Hut. Trout hielt sich nicht für einen gefühllosen Mann, aber Damenmode war ein Thema, das ihn wenig interessierte. Dennoch hatte er den Eindruck, daß sich diese Frau durch ihre Kleidung offenbar absichtlich in eine vergangene Zeit versetzte. Jetzt betrachtete er ihre Hände, und was er sah, unterstrich die bisherigen Beobachtungen. Sie hatte ein Paar Handschuhe aus feinem grauem Leder in der Hand. Nicht, daß sie altmodisch aussah – klassisch, das war die richtige Bezeichnung für ihre Erscheinung. Grace Kelly in der Rolle einer englischen Aristokratin. Äußerlich gelassen, aber zugleich besorgt. Zurückhaltend, aber sehr feminin. Der Eindruck verstärkte sich noch, als Trout fragte: »Sind Sie Schauspielerin?«

»Nein«, erwiderte sie fast erschreckt.

»Entschuldigen Sie. Kann ich Ihnen irgendwie behilflich sein?«

»Nein. Das heißt – ich bin hergekommen, weil ich ... Ich habe gerade gesehen, wie jemand Selbstmord begangen hat.«

»Wer ...?«

»Das weiß ich nicht. Ich habe keine Ahnung.«

»Und wo ist der Leichnam?«

»Verschwunden. Das heißt, ich habe nicht nachgesehen.«

»Vielleicht berichten Sie mir von sich aus, was Sie gesehen haben, dann kann ich Ihnen meine Zwischenfragen ersparen.« Er riß das oberste Blatt von seinem Schreibblock ab und zückte den Kugelschreiber. »Also gut, fangen Sie an. Das heißt – Moment mal. Kann ich Ihnen etwas anbieten? Kaffee, Mineralwasser? Sie hätten Zeit, Ihre Gedanken zu ordnen.«

»Eine Zigarette, wenn Sie eine haben.«

Sie nahm eine aus dem Päckchen, das er ihr entgegenstreckte, wartete dann darauf, daß er sie ihr anzündete. Durch seinen Kopf huschte der Gedanke, daß es wirklich eine äußerst sinnliche Sache war, wenn man einer attraktiven Frau Feuer gab. Ein Gedanke, der ihm allerdings eher unangenehm erschien. Er hielt nichts davon, wenn sich die Männer gegenüber den Frauen als Beschützer und unterwürfige Diener gaben. Und außerdem war ihm dieses Gefühl von Männlichkeit unangenehm, das ihre Erscheinung und Haltung in ihm weckte, eine Art überkommenen Kavalierstums, mit dem er ihr zu imponieren trachtete. Er hoffte statt dessen, in ihrer Gegenwart so etwas wie geistige Gymnastik vorführen zu können, wie er vielleicht Handstände gemacht hätte, wenn sie sich dreißig Jahre früher begegnet wären. Nun, das war sein privates Problem; er konnte es später genauer ausloten und sich darüber Gedanken machen, bis er wußte, ob es nur eine vorübergehende Anwandlung war oder etwas, das Beachtung und Behandlung erforderte.

»Ich fuhr etwa zwölf oder fünfzehn Meilen von hier über die Küstenstraße. Als ich um eine weite Kurve kam, erreichte ich einen besonders schönen Aussichtspunkt. Dort parkte ein Wagen, ganz dicht am Rand der Klippe. Mir fiel besonders auf, daß die Vorderräder zum Abgrund hin standen, nur ganz knapp davon entfernt. Dann sah ich den Mann, der vor dem Wagen stand. Einen Augenblick lang richtete ich meine Aufmerksamkeit auf die Straße; ich mußte gegenlenken, hätte die Kurve beinahe nicht erwischt. Danach warf ich einen Blick in den Rückspiegel. Der Mann war verschwunden. Ich glaube, ich war momentan ein wenig verwirrt. Ich fuhr erst ein Stück weiter, doch dann wurde mir klar, was ich gesehen – vielmehr nicht gesehen hatte. Ich erreichte eine Kiesstraße, die zu einer verlassenen Ziegelei führte, wendete und fuhr zurück zu der Klippe und der Aussichtsstelle. Als ich ausgestiegen war, schaute ich mich um und warf auch einen Blick in den Wagen des Mannes. Nichts zu sehen, kein Mensch weit und breit. Und es gab keine Möglichkeit, ungesehen zu verschwinden – es sei denn, über die Klippe. Wenn der Mann noch in der Nähe gewesen wäre, hätte ich ihn sehen müssen; an dieser Stelle gibt es weder Bäume noch höhere Büsche – also schaute ich hinunter ins Wasser. Ich konnte auch dort nichts erkennen, aber die Klippe ist meiner Schätzung nach mindestens sechzig Meter hoch. Danach bin ich zu Ihnen gefahren.« Den letzten Satz sagte sie ganz einfach und mit der Haltung einer regierenden Fürstin, die eine unangenehme Angelegenheit in die kompetenten, wenngleich profanen Hände des örtlichen Wachtmeisters legt.

Regierende Fürstin, dachte Trout, in einer Kleinstadt an der Küste von Maine! Ich sollte nicht immer die Taschenbuchtitel lesen, wenn ich an der Kasse des Supermarkts auf die Abfertigung warte. Als nächstes stelle ich sie mir wohl in einem einsamen Herrenhaus vor, umgeben von Heidelandschaft und düsteren Mächten.

Er räusperte seine Kehle und ordnete seine Gedanken. »Könnten Sie den Mann wiedererkennen, wenn Sie ihn sehen würden?«

»Ich habe ihn nur kurz beobachtet, aber – ja, ich glaube, ich würde ihn erkennen.« Trout bemerkte, wie vorsichtig sie sich ausdrückte. »Am einfachsten dürften sich seine Personalien über den Besitzer des Wagens bestimmen lassen. Es handelte sich um einen dunkelgrünen Audi. Ich weiß nicht, welches Baujahr. Aber ich habe die Kennzeichennummer aufgeschrieben und die Schlüssel mitgenommen. Ich war mir nicht sicher, ob ich das tun sollte, aber dann dachte ich, es könnte die Untersuchung stören, wenn der Wagen anschließend gestohlen würde.« Sie öffnete ihre Handtasche, nahm einen zusammengefalteten Zettel und einen Schlüsselbund heraus und legte beides auf den Schreibtisch. »Ich habe dabei natürlich die Handschuhe angehabt.«

Trout rief Agronski in sein Büro, gab ihm den Zettel und den Auftrag, den Halter des Wagens zu ermitteln. »Ich wollte, alle unsere Zeugen würden so überlegt handeln wie Sie, Mrs. . . Ja, ich fürchte, ich kann mir bei Ihnen eine Scheibe abschneiden. Ich habe Sie noch nicht einmal nach Ihrem Namen gefragt.«

»Miss – Miss Galatea. Eve Galatea.«

Nicht verheiratet, und will nicht »Ms.« genannt werden. Warum habe ich das Gefühl, als ob die letzte Hälfte des zwanzigsten Jahrhunderts an ihr vorübergegangen wäre? Trout beugte sich vor und sagte: »Wenn Sie mir bitte noch Ihre Adresse nennen würden.«

»Merriweather vierhundertvier in Boston. Ich bin durch Maine gefahren, weil ich unterwegs ein paar Skizzen anfertigen wollte.«

»Ah, Sie sind Künstlerin?«

»Wenn Sie damit meinen, daß ich mich durch meine Zeichnungen ernähre, nein. Ich bin einer jener glücklichen Menschen, die über ein regelmäßiges Einkommen verfügen können. Das Geld ist da – und ich kann selbst entscheiden, wie ich es ausgebe. Meine Fahrt durch Maine ist eigentlich eine Ferienreise.«

»Wenn Agronski den Besitzer des Wagens ermittelt hat, möchte ich Sie bitten, mich zu der Stelle zu begleiten, wo Sie den Wagen gesehen haben. Glauben Sie, daß Sie sich dazu in der Lage fühlen?«

»Wenn Sie meinen, daß es notwendig ist.« Eve Galatea breitete die Hände aus, eine Geste der Resignation. »Aber jetzt möchte ich eine Tasse Kaffee, wenn das möglich ist.«

»Klar, 'ne schöne heiße Tasse! – Überrascht Sie mein Akzent? Ich bin in Boston zur Schule gegangen. Ein Sohn des Landes, der sich in der Welt umgesehen hat und dann an den Ort zurückkehrte, wo er hingehört.« Trout stand auf und rief hinaus: »Homer, Kaffee für Miss Galatea, mit Sahne.«

Ein Lächeln spielte um ihre Mundwinkel. »Ein Mainer, der Boston-Amerikanisch spricht, mit der Betonung eines Nachrichtensprechers aus dem Mittelwesten.«

»Das mußte erst mal kultiviert werden. Ich habe in der Schule entdeckt, daß es einem Bann gleichkommt, wenn man aus dem Mittelwesten stammt, und daß es noch schlimmer ist, wenn man versucht, es zu verschleiern.« Homer brachte den Kaffee, drehte sich auf dem Absatz um und war wieder draußen – in einer einzigen Bewegung. Zu jung, um irgend etwas schätzen zu können, was nicht laut und grell ist, dachte Trout, der ihm nachblickte und dazu seufzte.

»Heute weiß ich nicht mehr, ob ich einen Akzent draufhabe oder nicht«, sagte er nachdenklich. »Wahrscheinlich hat sich das eine mit dem anderen zu sehr vermengt. Aber wo Sie herkommen, kann ich überhaupt nicht feststellen. Sie verschlucken das R nicht und ersetzen es auch nicht durch Vokale. Habe ich recht, wenn ich annehme, daß Sie nicht in Boston geboren und aufgewachsen sind?«

»Ihre Erfahrung mit den Bostoniern muß etwas begrenzt sein, aber Sie haben recht. Ich habe an vielen Orten gelebt. Mein Akzent ist der eines Nomaden«, sagte sie scherzhaft. »Ich habe eine Chamäleonzunge. Wenn ich lange genug in diesem netten Ort bliebe, würde ich mir sicher alle hiesigen Unarten der Sprache rasch angewöhnen.«

Trout fühlte deutliche Sympathie für sie, die nicht zuletzt durch ihre Stimme hervorgerufen wurde. Eine warme, tiefe und sehr beherrschte Stimme. »Ich kann mir nicht vorstellen, daß Sie sich von Ihrem eigenen Unterbewußtsein steuern lassen, geschweige von Ihrer Umgebung. Wenn Sie nach zwanzig Jahren Dublin mit irischem Akzent reden würden, dann nur, weil Sie sich an einem bestimmten Tag in einem bestimmten Jahr dazu entschlossen haben.«

Miss Galatea warf ihm einen scharfen Blick zu, als suche sie nach irgend etwas Beleidigendem hinter seiner Äußerung, und lächelte dann, weil sie merkte, daß es offensichtlich freundlich gemeint war. »Dann sehen Sie in mir also eine Frau, die sich von femininen Launen lenken läßt. Sie glauben, meine Entscheidungen werden infolge von Stimmungen und Intuitionen getroffen.«

»Im Gegenteil, ich finde, Sie sind zwar überwältigend feminin, aber keineswegs launenhaft.« Jetzt zeigte sich wieder der harte Ausdruck in ihren Augen. »Tut mir leid, wenn ich Ihnen damit zu nahe getreten sein sollte. Ja, Agronski, was haben Sie festgestellt?«

Der Mann stand in der Tür, steif und aufrecht. »Der Wagen«, sagte er aufgeregt, was gar nicht zu seiner Haltung zu passen schien. »Mein Gott, Sir, Sie werden es nicht glauben.« Agronski hatte die Angewohnheit, Trout mit »Sir« anzusprechen, wenn er im Dienst war. Trout hatte seit längerem – erfolglos – versucht, ihm das abzugewöhnen.

»Ich an Ihrer Stelle würde es darauf ankommen lassen«, erwiderte Trout mit unterdrückter Ungeduld.

»Er ist auf Nathan Adams registriert. Es handelt sich um dasselbe Fahrzeug, das zusammen mit ihm vor vierzehn Monaten verschwunden ist.«

Trout stieß zischend die Luft aus, als ob ihn Agronskis Meldung direkt auf den Solarplexus getroffen hätte. »Das wird immer merkwürdiger. Also gut, Agronski, fahren Sie mit dem Streifenwagen zu der Stelle an der Küstenstraße, und halten Sie die Touristen davon ab, alles zu zertreten. Miss Galatea, wenn Sie es sich bitte im Vorzimmer bequem machen würden, ich muß jetzt ein paar Telefonate führen. Die Staats- und die Bundespolizei dürften daran interessiert sein, unsere Entdeckungen und die ganze Umgebung auf die sprichwörtliche Weise durchzukämmen. Und, Agronski, wenn Sie zu irgend jemandem ein Wort verlauten lassen, sind Sie dran. Die Presse wird uns ohnehin früh genug auf die Nerven fallen. Momentan habe ich nicht genügend Personal, um die Zeitungsschmierer davon abzuhalten, daß sie alle Beweise unterpflügen.«

Agronski nickte etwas eingeschüchtert und beleidigt und verließ den Raum. Eve Galatea warf Trout einen fragenden Blick zu, den dieser ignorierte. Als sie sich erhob, rief Trout: »Homer, verbinden Sie mich mit dem Staatsanwalt und stehen Sie hier nicht so belämmert herum.« Dann beugte sich Trout über seinen Schreibtisch und machte sich ein paar Notizen auf einem gelben Block. Als an seinem Telefon ein Licht aufleuchtete, hob er den Blick. Er nahm den Hörer ab und hatte kaum Zeit, überrascht zu blinzeln. Mein Gott, mit den hochhackigen Schuhen war diese Frau an die einsachtzig groß! Dann sagte er ins Telefon: »Hallo, Sir. Trout, der Sheriff des Halesport Countys. Wir haben eine Untersuchung eingeleitet in einem möglichen Selbstmordfall, der Sie vermutlich sehr interessieren wird . . .«

Trout dachte nicht über das Verschwinden von Nathan Adams nach, oder ob dieser Selbstmord die Frage seines Verschwindens endgültig klären würde – nicht einmal darüber, wie sich diese Untersuchung auf seine eigene Karriere auswirken würde. Er entschied sich, keine Gedanken an die störende Nähe dieser Frau zu verschwenden, die neben ihm saß, sondern konzentrierte sich ganz auf das Fahren. Ein Auto zu lenken war eine der wenigen Tätigkeiten, bei denen er sich völlig entspannte. Und sicher besser als ein traumbelasteter Schlaf. Vergangenheit und Zukunft wurden irrelevant; sein ganzer Körper war von Instinkten gesteuert; er war eins mit dem Lenkrad, machte die Bewegungen der Kurven mit.

Das County konnte sich nur einen einzigen Streifenwagen leisten. Als er den Job vor elf Jahren übernommen hatte, stellte man Trout frei, sich einen Privatwagen aus eigener Tasche zu kaufen, dessen Unterhalt dann von der Dienststelle bezahlt werden sollte. Als Alternative war ihm angeboten worden, den Streifenwagen auch für seinen Privatgebrauch zu verwenden. Er hatte sich für die erste Möglichkeit entschieden. Lächelnd erinnerte er sich an das Gemurre im Ort, als er vor vier Jahren mit seiner Frau Enid übereingekommen war, ihren alten Volkswagen endgültig verschrotten zu lassen. Er hatte ihnen treu gedient seit den Tagen vor ihrer Heirat, aber selbst die Anhänglichkeit zu einem alten Wagen mußte einmal ein Ende haben. Außerdem war er höchst unpraktisch geworden, seit Enid sich mit Antiquitätenhandel befaßte – ein Unternehmen, durch das sie inzwischen annähernd die Hälfte ihres gemeinsamen Einkommens bestritt. Also hatte sie seinen selbstgekauften »Dienstwagen« geerbt, und er hatte sich nach einem größeren, bequemeren, konservativen Wagen umgesehen, der besser zu seiner Position paßte und obendrein geeignet war, Sport- und Gartengeräte zu transportieren. Seine Tochter spielte begeistert Fußball, und er selbst liebte die Gartenarbeit. Die Ruhe, die ihn dabei überfiel, kam nahe an die beim Autofahren heran.

Er selbst war nahezu ebenso überrascht gewesen wie die Leute von Fells Harbor, als seine Wahl auf einen keineswegs neuen, sondern schon ziemlich ramponierten Alfa Romeo gefallen war, den er dann von Ellswood Howett liebevoll aufmöbeln ließ. Howett besaß eine Reparaturwerkstatt im Ort und hatte nur selten Gelegenheit, sein Talent zum Renovieren älterer Wagen unter Beweis zu stellen; daher war er Trout sehr dankbar für den Auftrag, dessen Ergebnis er für eines seiner Meisterwerke hielt, und verteidigte ihn auch standhaft gegenüber den Ansässigen, die der Ansicht waren, ein ausländischer Sportwagen sei nichts weiter als ein Beweis für die Korruption und die Verkommenheit der Polizei. Nur Enid hatte mit Amüsement reagiert und erklärt, sie fürchte fast, sein maskulines Ego sei in der letzten Zeit wohl ein wenig rasch gealtert. In den folgenden Jahren freilich hatte Trout der Öffentlichkeit keine weiteren Zeichen für moralischen Verfall geliefert; der Zorn des kleinen Ortes hatte sich gemildert und zeigte sich nur noch in gelegentlichem Seufzen oder Kopfschütteln.

Trout verstand nicht viel von den technischen Funktionen seines Wagens und vertraute darauf, daß Howett sein liebstes Kind bei bester Gesundheit erhalten würde, aber das Fahren gehörte zu seinen größten Vergnügen. Und was war diese Küstenstraße für eine wundervolle Strecke – das Ergebnis der Zusammenarbeit zwischen der staatlichen Straßenbaubehörde und einer Bürgerinitiative zur Erhaltung der Landschaft in den dreißiger Jahren. Sie hatte keinen Ehrentitel wie viele andere Straßen, hieß lediglich Highway 41, war aber der Stolz der Küstenorte. Ein Kunstwerk, das in den Stein der Klippen gehauen worden war, wobei man den Abraum dazu verwendet hatte, die gefährlicheren Kurven zu entschärfen.

»Wer ist Nathan Adams?«

Trout wandte sich an seine Mitfahrerin; ihre Frage riß ihn aus seinen Gedanken. Und wieder ärgerte er sich darüber, daß ihn ihre Nähe so stark beeinflußte. Während er über seinen Wagen, den Automechaniker und seine Frau nachgedacht hatte, war ihm deutlich ihre Anwesenheit bewußt gewesen, wie sie die Hände im Schoß gefaltet hatte, wie sie den Kopf hielt, während sie die Landschaft betrachtete, wie sie ein- und ausatmete.

»Der Besitzer der Maklerfirma Hornsby. Er hat sie geerbt; seine Mutter war eine Hornsby. Ist eine Hornsby, denn sie lebt ja noch. Sein Vater hatte die Firma übernommen, als der alte Gerald Hornsby noch lebte. Das Hauptbüro befindet sich in New York, aber die Hornsbys hatten immer schon ein Landhaus hier in der Gegend. Übrigens ein höchst bemerkenswerter Besitz. Wunderschön ausgerüstet, wie meine Tante Agatha sagen würde.«

»Dann darf ich annehmen, daß Sie die Familie gut kennen?«

»Das nicht – ich muß gestehen, ich habe das Innere des Hauses am Bildschirm meines Fernsehapparats bewundert.«

»Ach – wie das?«

»Das Vermögen der Familie hatte sich in den letzten Jahren drastisch verringert, so daß man Haus und Grundbesitz der Filmfirma zur Verfügung stellte, die dort das ›Porträt einer Dame‹ gedreht hat.«

»Ach, die Verfilmung des Romans von Henry James!«

»Ja. Haben Sie den Film gesehen?«

»Nein.«

»Schade. Ein finanzieller Reinfall. Für jeden, nur nicht für Nathan Adams. Die Gebühr für die Benützung des Besitzer bei den Dreharbeiten hing natürlich nicht von dem Einspielergebnis ab.« Trout seufzte. »Ich fand, es war ein ausgesprochen guter Film, aber er konnte natürlich kein großer Erfolg werden. Die einzigen nackten Beine, die man in dem Film sehen konnte, wa-

15

ren die der antiken Möbel.«

Jetzt warf er einen kurzen Blick neben sich und stellte fest, daß Eve Galatea ihn kritisch musterte. Das war ihm peinlich. Wie dumm, sagte er sich, ich habe doch nichts Persönliches gesagt. Dennoch war sein Ton knapp und professionell, als er fortfuhr: »Das Geld der Filmfirma reichte freilich nicht aus, um die Familienkasse wieder zu füllen. Das brachte Adams erst zuwege, als er vorsichtig, aber in großem Umfang Gelder aus der Firmenkasse verschwinden ließ. Man kam erst ein Jahr nach seinem Untertauchen dahinter; Sie haben das seinerzeit vermutlich in den Zeitungen gelesen.«

»Ja, ich glaube. Und – konnte das Geld wieder zurückerlangt werden?«

»Nein. Adams war hier gewesen, um Ferien zu machen. Da er in unserem Amtsbereich verschwunden ist, waren wir an der Suche nach ihm beteiligt, aber er und das unterschlagene Firmenkapital sind spurlos verschwunden, wie man so schön sagt.«

»Bis heute.«

»Ja, vielleicht.« Trout lenkte den Alfa Romeo auf den Parkplatz am Aussichtspunkt. »Nun, Agronski, was gibt's?«

Man brauchte kein Detektiv zu sein, um festzustellen, daß der Mann etwas zu berichten hatte. Seine Augen strahlten vor Erregung, auch wenn es ihm mit Mühe gelang, ruhig dazustehen. »Ein Briefumschlag, Sir. Auf der vorderen Ablage. Adressiert an Mrs. Mildred Hornsby-Adams.« Trout stieß einen Laut der Überraschung aus. Er nahm die Schlüssel des Audi aus seiner Tasche, sperrte den Wagen auf und holte vorsichtig mit dem Taschentuch den Umschlag heraus.

»Haben Sie Handschuhe und das Fingerabdruck-Besteck?«

»Hier, ja.«

»Dann walten Sie mal Ihres Amtes.«

Agronski ging fröhlich summend an die Arbeit. Als erstes inspizierte er den Umschlag. »Ein paar deutliche Abdrücke, Sir. Soll ich den Brief herausnehmen?«

Und da war es: Ganz, wie es sich gehörte. Erst ein Geständnis, was vergangene Missetaten betraf, dann eine Erklärung seiner Absicht und zuletzt ein paar Worte der Sohnesliebe, immer

Dein Nathan.

»Da wird die Arbeit des Labors nur eine Formsache sein«, murmelte Agronski, und aus der Stimme war deutlich Enttäuschung zu vernehmen.

»Es könnte ja auch eine Fälschung sein«, tröstete ihn Trout.

»Die Analyse der Handschrift dürfte vermutlich das Gegenteil erweisen«, klagte Agronski. »Was hätte der Brief sonst für einen Sinn?«

»Keinen. Miss Galatea hat also richtig vermutet. Er konnte nicht einfach verschwunden sein in dem Moment, als sie sich auf die Straße konzentrierte; der einzige Weg führte dort hinunter ... Der ideale Ort für einen Selbstmord; da besteht kaum die Möglichkeit, daß es noch im letzten Augenblick schiefgeht.«

»Und sicher nicht das, was ein Mensch für einen anderen tun würde, es sei denn, man zwingt ihn mit einer Waffe. Sind Sie sicher, daß der Mann allein war, Ma'am?«

»Hundertprozentig.«

»Nun, Sir, in diesem Fall dürfte es nicht schwierig sein, die Untersuchung abzuschließen.«

»Nein.« Trout war plötzlich wütend geworden, wenn er auch nicht definieren konnte, warum. »In Emily Posts Benimmbuch steht vermutlich ein Kapitel über Form und Inhalt eines Abschiedsbriefs für Selbstmordkandidaten.« Agronski betrachtete neugierig seinen Chef, wie er mit dieser Eve Galatea auf und ab ging und sich von ihr noch einmal genau schildern ließ, was sie wo gesehen hatte.

Unten war nichts von einem Leichnam zu erkennen, weder auf den Felsen noch im Wasser. Aber die Strömung war hier ziemlich stark, und wenn der Leichnam nicht inzwischen auf den offenen Ozean hinausgetrieben war, dann gab es zudem so viele Höhlen unter Wasser, daß man ihn wohl nie finden würde. Trout fragte sich, wie lange es dauern würde, bis ein Leichnam sich völlig aufgelöst hatte, der im Meer dahintrieb. Wirkte das Salzwasser als Konservierungsmittel oder beschleunigte es den Verfall des Fleisches? Er schloß die Augen, um das Bild zu verscheuchen.

»Ich glaube, Sie können uns hier nicht mehr weiterhelfen, Miss Galatea. Ich bringe Sie jetzt zurück auf unsere Station, wenn Sie nichts dagegen haben. Wir werden noch feststellen, ob es Ihnen gelingt, Adams zu identifizieren, aber da er vor seinem Verschwinden nicht in unserer Kartei geführt wurde, gibt es auch kein Foto des Erkennungsdienstes. Wir haben allerdings Amateuraufnahmen von ihm in unseren Akten, und Homer hat ein paar ähnliche Fotos besorgt, damit wir feststellen können, ob es Ihnen gelingt, den Mann zu identifizieren, den Sie auf der Klippe gesehen haben. Ich nehme an, Homer hat inzwischen seine Kollektion vorbereitet.«

Kapitel

2

Noch einmal genoß Trout die Kurven der Küstenstraße, und diesmal bewegten sich seine Gedanken ebenfalls in Windungen und Kurven. Eve Galatea hatte keine Mühe gehabt, das Foto von Nathan Adams herauszufinden. Sie hatte die Bilder recht schnell durchgeblättert und sie dann auf seinem Schreibtisch ausgelegt wie ein Patiencespiel. Ja, hatte sie gesagt, dies sei der Mann, und sie habe ihn nur kurz gesehen, aber dennoch deutlich genug, und die sonderbaren Umstände hätten sein Bild in ihr Gedächtnis eingebrannt.

Trout lächelte sich zu und mußte an Homers Leiden denken, wie er in dem kleinen Ort herumgefahren sein und um Fotos von männlichen Einwohnern gebeten haben mochte. »Natürlich bekommen Sie's zurück, Ma'am; ich selbst werde dafür sorgen.« Wer sonst hätte sich auch darum kümmern sollen. Trotz Homers Verlangen, mit seiner jungfräulichen Karriere als Polizeibeamter zu prahlen, war er überraschend tüchtig, und obendrein tat er alles, was man ihm sagte, ohne zu murren. Die Prahlerei würde nachlassen, dachte Trout, sobald Homer seine Kinderträume begraben hatte, in einem oder zwei Jahren zum Polizeichef von Bangor ernannt zu werden oder zumindest die Position Trouts einzunehmen. Er wird aufhören zu träumen, dachte

Trout, und er wird Glück haben. Er wird seine Träume einfach vergessen.

Trout war unterwegs zum Haus der Hornsbys. Mildred Hornsby-Adams mußte benachrichtigt werden. Trout hatte die alte Lady nie kennengelernt, nicht einmal, als er das Verschwinden ihres Sohnes untersuchte. Als der Skandal ruchbar wurde, hatte sich die Familie nach New York zurückgezogen, um sich die Wunden zu lecken und sich in der Anonymität der Stadt zu verkriechen. Aber in diesem Sommer lief alles wie gewohnt ab, das heißt, daß es praktisch nichts zu tun gab von Juni bis August. Es war, wie wenn man zurückversetzt worden wäre in eine andere Zeit. Als selbst die reichsten Familien sich nicht mehr in der Lage sahen, ihre Landsitze zu unterhalten und das Personal zu bezahlen, das man für diese Paläste brauchte – und sei es nur, um die Parks und die Häuser zu pflegen –, so daß einer nach dem anderen historischen Fonds vermacht wurden, die Führungen veranstalteten oder die Besitztümer wohltätigen Gesellschaften überließen, blieb Mrs. Mildred Hornsby-Adams noch immer dabei, mit ihren zwei Söhnen und einer bunten Schar von Gästen alljährlich in ihrem Haus in Fells Harbor den Sommer zu verbringen.

Obwohl Trout sich davor scheute, dieser Frau den Selbstmord ihres jüngeren Sohnes schonend beizubringen, war er doch auch neugierig darauf, sie kennenzulernen. Sie mußte inzwischen Ende Siebzig sein; er erinnerte sich, daß sie spät geheiratet hatte, als sie schon Mitte Dreißig gewesen war, und auch erst dann, nachdem sie sich Adams geradezu an den Hals geworfen hatte. Dieser skandalöse Akt hatte angeblich hier in Fells Harbor stattgefunden. Es hieß, Adams sei hierhergekommen, um sich bei Gerald Hornsby zu empfehlen, und nachdem er festgestellt hatte, daß der Vater nicht sonderlich erbaut war von seinen geschäftlichen Fähigkeiten und seinem koboldhaftes Grinsen, habe er die Aufmerksamkeiten der einzigen noch lebenden Erbin um so freudiger über sich ergehen lassen. Trout amüsierte sich noch immer darüber, wie dieses Gerücht damals die Leute erregt haben mußte. Seine Tante Agatha, die zweimal geheiratet hatte und zweimal verwitwet war, erklärte bei sich bietenden Gelegenheiten immer wieder, daß sie es – im Gegensatz zu *gewissen* Leuten – nicht nötig gehabt hatte, sich einen Mann auf solche Weise zu erjagen, Gott sei Dank! Wie sich Tante Agatha oder die Einwohner des Ortes so ausführliches Wissen über die höchst privaten Ereignisse im Hause Hornsby angeeignet hatten, überstieg freilich seine Vorstellungen. Er bezweifelte die Authentizität dieser Hochzeitsgeschichte, wußte aber zugleich, daß er zutiefst enttäuscht gewesen wäre, wenn sie sich als unwahr herausgestellt hätte. Die Geschichten um die Hornsbys, die einen Grad von Mythologie erreicht hatten, machten seinen Besuch bei Mildred Hornsby-Adams um so interessanter, und solche Besuche gehörten neben den Fahrten auf der Küstenstraße zu den reizvollen Augenblicken im Leben des örtlichen Polizeichefs.

Als er die Klingel des Hornsby-Hauses betätigte, schwankte Trout zwischen beruflicher Zurückhaltung und Abneigung gegen seine traurige Pflicht hin und her. Dann überlegte er sich, welche Rolle die junge Frau spielen mochte, die ihn in den Salon führte. Ein Dienstmädchen? Nein, so war sie nicht gekleidet. Eine Haushälterin? Dafür strahlte sie nicht genug Autorität aus. Abgesehen davon waren alle Haushälterinnen, die er jemals kennengelernt hatte, in mittleren Jahren. Eine Verwandte oder ein Gast des Hauses? Wohl kaum, dann hätte sie sich vorgestellt oder wenigstens Neugier gezeigt, anstatt nur ehrerbietig zu nikken. Eine Sekretärin? Das mußte es sein. Gewohnt, Nachrichten zu überbringen, und nicht gewohnt, von Besuchern angestarrt zu werden.

Nachdem er die Frage auf diese Weise zu seiner Befriedigung gelöst hatte, betrachtete Trout seine Umgebung. Der Salon war mit Damastvorhängen und rosa Samtkissen ausgestattet, was ihm eine viktorianische Atmosphäre verlieh. In Räumen wie diesem, dachte Trout, hatten in vergangenen Jahrhunderten kleinere Veranstaltungen stattgefunden, man hatte sich nach den Mahlzeiten hier versammelt und Familienfeste gefeiert. Trout war mitten in diese Betrachtungen versunken, als er merkte, daß Gerald Adams ihn anstarrte. Der Sohn des Hauses stand unter der Tür: unschlüssig, ein Bild des Zweifels.

Trout war im Lauf der Jahre diesem zweiten Adams-Sohn mehrmals begegnet, obwohl sie bisher nie miteinander gesprochen hatten. Und wieder fand er die Ähnlichkeit mit seinem Bruder Nathan geradezu erschreckend. Gerald Adams war ein sehr großer Mann, dazu untersetzt und kräftig gebaut. Fast zehn Jahre älter als sein Bruder, hatte er das Aussehen und zudem die Möglichkeit, die Macht zu vertreten und das Familienzepter zu schwingen. Dennoch hatte der jüngere, fast schwächlich wirkende Nathan das Erbe angetreten. Jakob und Esau, schoß es Trout durch den Kopf.

Nachdem er den Entschluß gefaßt hatte, den Salon zu betreten, kam Gerald Adams auf Trout zu und erklärte: »Meine Mutter kommt gleich herunter.« Trout nahm dies als Aufforderung, seine Position klarzustellen und dann zu verschwinden, bevor seine Gegenwart die alte Dame verstören oder verärgern konnte, und er selbst ärgerte sich, als ihm klar wurde, daß dieser Adams offenbar keineswegs für die Rolle des Familienoberhaupts geeignet war, sondern die Angelegenheit in die Hände seiner Mutter legen wollte.

»Ich glaube, Mr. Adams, es ist besser, wenn wir zuvor ein paar Worte miteinander sprechen. Ich finde, Ihrer Mutter sollte die Nachricht von einem Mitglied der Familie beigebracht werden.« Gerald Adams schaute ihn jetzt an, als sei er bereit, aus dem Zimmer zu fliehen, so daß Trout förmlich hinzufügte: »Es geht um Ihren Bruder.«

»Haben Sie Nathan endlich erwischt?« Geralds Blicke schossen unsicher umher, als rechnete er damit, daß sein Bruder hinter einer Chaiselongue auftauchen würde. Trout gab den Gedanken auf, den Schlag mit aller Schonung auszuführen. Er wollte nichts weiter als seine Meldung weitergeben, ehe sich dieser Mann weigerte, mehr hören zu wollen und ihn der Mutter überließ.

»Wir haben Grund zu der Annahme, daß sich Ihr Bruder heute das Leben genommen hat; offenbar ist er von einer Klippe nahe der großen Kurve an der Küstenstraße in den Ozean gesprungen. Wir haben einen Augenzeugen und dies hier.« Damit reichte er Gerald eine Fotokopie des Abschiedsbriefes. »Das hat er in seinem Wagen zurückgelassen.«

Gerald warf einen Blick auf das Papier. »Nathan war immer gründlich. Wir sind altersmäßig zu weit auseinander gewesen, um – sagen wir – miteinander spielen zu können, aber ich habe ihn oft beobachtet. Schon als Kind sagte er, wenn er sich jemals das Leben nehmen würde, dann würde er über diesen Klippenrand fahren. Er sagte das öfters, wenn wir im Auto an der Stelle vorbeikamen, und ich habe ihm immer geglaubt. Seltsam, daß er nicht mit dem Wagen über den Rand gefahren ist... Aber er war immer bereit, alles zu perfektionieren und dann auf den richtigen Augenblick zu warten. Ich habe ihn dafür oft bewundert.

Als ich im vierten Semester auf dem College studierte, wäre ich einmal beinahe relegiert worden – es hatte eine Party unter uns Studenten gegeben, mit einer Rauferei, bei der ein Student getötet wurde. Aber keiner von den Beteiligten war von der Polizei beschuldigt worden, den Tod unseres Kollegen verursacht zu haben. Mein Vater flog sofort zu mir und stiftete so viel Geld, daß davon ein neues Gebäude mit einem wissenschaftlichen Institut errichtet werden konnte. Daher kam ich mit einem blauen Auge und einer ernsten Ermahnung von seiten des Dekans davon. Ich weiß nicht, wie Nathan dahintergekommen ist; er war damals noch keine zehn Jahre alt, aber irgendwie muß er es herausgefunden haben. Es war wirklich unheimlich, wie er immer alles in Erfahrung brachte. Mein Vater und ich hatten beschlossen, es vor unserer Mutter zu verheimlichen. Nathan war ebenfalls damit einverstanden – unter der Voraussetzung, daß ich ihm wöchentlich zwanzig Dollar gab. Er wollte für sein Schweigen ein Modellflugzeug mit Fernsteuerung kaufen, das seinerzeit an die dreihundert Dollar kostete. Einer der seltenen Fälle, in denen ihm meine Eltern einen Wunsch versagt hatten. Die Erpressung hörte auf, als er genügend Geld für das Flugzeugmodell beisammenhatte. Später erklärte er, es sei ein Geschenk von mir gewesen, was ja in gewisser Weise auch stimmte.«

Gerald versuchte, die Erinnerung mit einer Handbewegung wegzuwischen. Es schien ihm nicht ganz zu gelingen.

»Und unsere Beziehung hat sich eigentlich seit damals nicht geändert«, fuhr er fort. »Als ich mit dem Studium fertig war, arbeitete ich in der Firma, zunächst als Sekretär. Dann belohnte mein Vater mein gutes Verhalten mit einem Sitz an der Börse. Nach ein paar Jahren wurde ich einer unter einem Dutzend von Aufsichtsräten. Nathan dagegen trat gleich als Aufsichtsrat in die Firma ein. Als unser Vater starb, war jeder in der Firma der Meinung, daß einer von uns den Vorsitz übernehmen sollte. Sie brauchten einen Mann, dessen geschäftliche Geschicklichkeit sie bewundern und dessen Loyalität sie vertrauen konnten. Dem Alter und meiner Erfahrung in der Firma nach hätte eigentlich ich derjenige sein müssen. Aber da erinnerte mich Nathan an den Vorfall auf dem College und an ein paar weitere kleine Verfehlungen, deren ich mich im Lauf der Jahre schuldig gemacht hatte, und schlug vor, ich sollte zu seinen Gunsten verzichten, wenn ich vermeiden wollte, daß die Firma einen Vorsitzenden bekommen würde, dessen weiße Weste nicht ganz erwiesen sei. Er ließ durchblicken, daß er durchaus skrupellos genug war, im Fall meiner Weigerung diese Flecken auf der weißen Weste deutlich genug darzustellen. Also könnte man sagen, ich habe ihm auch den Vorsitz in der Firma – geschenkt.«

Trout überlegte sich, was er darauf antworten sollte. Es war offensichtlich, daß die Nachricht vom Tod seines Bruders Gerald Adams in eine Art Schockzustand versetzt hatte.

Leise und zugleich entschieden betrat Mildred Hornsby-Adams den Raum.

»Äh – Mutter, das ist Inspektor – äh – Kriminal – äh – Polizeichef . . .«

»Trout«, ergänzte Trout.

»Ja, natürlich. Und, Mutter, er hat dir etwas zu berichten.« Damit drückte Gerald seiner Mutter das Blatt Papier in die Hand, nickte Trout zum Abschied zu und verschwand, so schnell er konnte.

Trout war wütend auf diesen Gerald Adams, aber zugleich auch wütend auf sich selbst. Er sah zu, wie die weißhaarige, alte Dame das Papier las und noch einmal las. Ihre Hände zitterten, aber das war das einzige äußere Zeichen der Trauer, die sie ergriffen haben mußte. Trout wollte ihre Gedanken unterbrechen und sich entschuldigen für die brutale Weise, in der man ihr die schlimme Nachricht beigebracht hatte.

»Bitte verzeihen Sie meinem Sohn«, sagte sie schließlich, als hätte sie Trouts Gedanken gelesen.

»Sie müssen mir verzeihen, weil –«

»Weswegen?« unterbrach sie ihn und lächelte beinahe dazu. »Selbst Gerald weiß, daß man einem eine solche Nachricht nicht schonend beibringen kann.«

Trout suchte nach einem passenden Wort. Aber alles, was ihm einfiel, waren lächerliche Klischees. Dann merkte er, daß diese alte Frau es ihm leicht machen wollte. Mit seinem Trost konnte sie nichts anfangen, aber sie konnte ihm die unangenehme Aufgabe erleichtern.

»Glauben Sie nicht, daß ich eine Stoikerin bin. Sicher, ich bin nicht überrascht. Ich liebe – liebte meinen Sohn, aber Sie dürfen nicht denken, daß ich mich von dieser Liebe blenden ließ. Ich liebe Gerald ebenso wie ich seinen Bruder geliebt habe, obwohl mir bewußt ist, welchen Eindruck Sie von ihm gewonnen haben. Er ist ein guter Mensch, aber er geht jedem Kampf, jeder Auseinandersetzung aus dem Wege. Ich bin versucht, ihn als einen Pazifisten reinsten Wassers zu bezeichnen, aber selbst Pazifisten kämpfen dafür, nicht kämpfen zu müssen.« Wieder zuckte ein Lächeln um ihre Mundwinkel. »Im Tierreich hätte er keine Chance zum Überleben. Und in dieser keineswegs menschlichen Welt tut er gut daran, sich im geschützten Bereich der Bärin aufzuhalten. Mr. Trout, Sie dürfen nicht so durchschaubar sein – das ist vermutlich in Ihrem Beruf ein starkes Handicap. Sie vermuten, daß Geralds Abhängigkeit allein auf mein Konto geht, daß ich eine von diesen emsigen, ausgetrockneten Frauen bin, die es sich zur Aufgabe machen, die Nabelschnur niemals ganz zu durchschneiden ... Aber ich schweife ab, und das ist unverzeihlich. Natürlich interessieren Sie sich in erster Linie für Nathan. Er war charmant, schnell im Begreifen, ehrgeizig, und er schätzte die Dinge, die die Menschen in diesem Land mit dem Etikett ›kulturell‹ versehen – aber zu alledem war er auch destruktiv. Nicht nur, daß er keine Skrupel kannte, um das zu erreichen, was er haben wollte – er war auch fasziniert von dem, was seine Ruchlosigkeit bei anderen bewirkte. Immer war er von kalter Neugier gepackt über die Wirkung seiner Aktionen. Soviel ich weiß, hat Nathan als Kind niemals Katzen gequält oder den Fliegen die Flügel ausgerissen. Darin hätte er keinen Sinn gesehen. Aber wenn er damit das bekommen hätte, was er sich wünschte, hätte er den Tanz der flügellosen Fliegen mit der Objektivität von Labortechnikern beobachtet, die ihre Ratten mit Nitrit füttern. Das ist es: Nathan machte geradezu eine Wissenschaft daraus, das zu bekommen, was er sich wünschte.«

»Mrs. Adams, ich bin Ihnen überaus verbunden, daß Sie bereit sind, mit mir über diese Dinge zu sprechen. Ich weiß, es ist nicht leicht für Sie. Aber diese Beschreibung Ihres Sohnes ist eigentlich nicht das Porträt eines Menschen, der bereit ist, sich selbst aufzugeben. Es geht doch um sein Vergnügen, um sein Leben. Warum sollte er das aufgeben?«

»Sehen Sie, wenn er der Meinung war, daß er nicht in dieser Weise fortfahren konnte, daß er keine Kontrolle mehr hatte, ist es durchaus denkbar, daß er sich entschloß, dem Ganzen ein Ende zu machen. Vielleicht hatte er Grund zu der Vermutung, man hätte sein Versteck entdeckt. Nathan hätte es nie und nimmer ertragen, ins Gefängnis gehen zu müssen. Selbstmord ist ein Ende, das durchaus in dieses Bild paßt. Er hatte sein Leben im Griff – bis hin zum Tod. Und überdies würde ihm der Selbstmord die Befriedigung verschaffen, eine vorhersehbare und weit um sich greifende Kettenreaktion in Gang zu setzen.«

»Dann glauben Sie also, daß dieser Brief echt ist? Entschuldigen Sie, aber als ich ihn zuerst las, da kam er mir zu glatt, zu gewöhnlich vor. Das übliche, dachte ich.«

»Im Gegenteil – gerade der Brief überzeugt mich davon, daß Nathan Selbstmord begangen hat. Sicher, man könnte den Brief als durchschnittlich, als das Übliche betrachten, dazu recht menschlich und, ja, pathetisch, was gar nicht zu Nathan paßt. Aber für ihn war es eine letzte und aus seiner Sicht durchaus amüsante Form von Manipulation. Ich glaube, er würde sehr zufrieden sein, wenn er die Wirkung dieses seines letzten Experiments noch erleben könnte.«

Trout legte seinen Arm um die Schultern von Mrs. Adams und führte sie zur Chaiselongue. Sie hatten bisher nebeneinander dagestanden. Zu seiner – und vielleicht auch ihrer – Überraschung gestattete sie es sich, von einem wesentlich jüngeren Mann umsorgt zu werden.

»Ich glaube, ich war nicht mehr jung genug, um meinen Söhnen eine gute Mutter sein zu können.« Ihre Stimme war tonlos geworden, und plötzlich sah sie erschreckend alt aus.

Trout schaute sich nach einer Klingel um, fand sie und drückte darauf. Eine Minute verging, und in dieser Zeit schien Mildred Hornsby-Adams regelrecht zu schrumpfen. Ihre Augen schienen gelb geworden zu sein und trübe, ihre Haut wirkte auf einmal wie Pergament. Die Sekretärin trat ein, warf einen Blick auf die alte Frau und wandte sich dann an Trout, offenbar um Anordnungen entgegenzunehmen.

»Besorgen Sie Mrs. Adams einen Cognac und benachrichtigen Sie ihren Arzt. Ich warte hier, bis der Arzt eingetroffen ist.«

An diesem Abend, als Trout dabei war, sich auszuziehen, hielt er plötzlich inne und warf einen Blick auf seine Frau, die im Bett lag und las, den Kopf auf die Hand gestützt, ein Kissen unter dem Ellbogen. »Enid, warum denken wir bei einer Frau, wenn wir uns mit ihr befassen, entweder an ihren Vornamen oder an den ganzen Namen, aber nie an ihren Familiennamen? Warum klingt es verächtlich, wenn wir sie nur bei ihrem Familiennamen ansprechen?«

»Das ist vermutlich eine Kombination aus Gewohnheit und der Tatsache, daß die Frauen im Lauf ihres Lebens in den meisten Fällen die Familiennamen wechseln. Ich mache mir, ehrlich gesagt, keine großen Gedanken darüber. Wer ist sie, und wie intensiv denkst du an sie?«

»Die Frau, die Adams gesehen hat, bevor er gesprungen ist. Und – ja, ich denke ziemlich viel an sie.«

»Wegen dem, was sie gesehen hat – oder einfach wegen ihr?«

»Wegen ihr, nehme ich an. Sie kommt mir vor wie ein wandelnder Katalog von Widersprüchen. Ich habe Schwierigkeiten, sie zu verstehen, und noch mehr, wenn ich versuche, meine Reaktionen auf sie zu interpretieren.«

»Gibt es Anlaß zu der Vermutung, ihre Aussage könnte falsch sein?«

»Nein. Nein, das ist es nicht. Rutsch mal, ja? Ich werde das Gefühl nicht los, daß sie auf mir spielt wie auf einem Klavier. Sie ist herrisch, anmaßend – und zugleich sehr feminin.«

»Feminin? Was soll das heißen?«

»Ich weiß es nicht genau. Ein dummes Wort, das gebe ich zu. Aber ich finde keines, das besser paßt.«

»Entschuldige. Mach weiter.«

»Ich stellte fest, daß ich Adams fast dankbar bin, weil er in dem Augenblick gesprungen ist, als sie vorbeikam. Ja, daß mich dieser glückliche Umstand mit ihr bekannt gemacht hat. Heute abend habe ich festgestellt, daß ich mich über das Gefühl ärgerte, das Gefühl, daß ich sie ohne diesen Zwischenfall an der Klippe nie kennengelernt hätte.«

»Das klingt für mich fast ein wenig nach Verblendung. Beim Abendessen hast du gesagt, sie sei reich, intelligent, kultiviert und sehe obendrein gut aus.«

»Das stimmt.«

»Da haben wir's. Der fleischgewordene Traum aller Männer. Du stellst fest, daß sie auf dich eine gewisse Anziehung ausübt, und da du so monogam bist wie ein Papagei, kannst du nicht untreu sein – nicht einmal in Gedanken. Also mußt du sie in tiefschürfende, übernatürliche Erklärungen einhüllen. Dabei bräuchtest du nur alle Rechtfertigungsversuche beiseite zu schieben und anzuerkennen, daß selbst deine Ansichten nicht ausschließlich oberhalb der Gürtellinie gebildet werden.«

»Du hast vermutlich völlig recht.«

Trout wurde von seiner Umgebung in die Rubrik »Netter Mann« eingeordnet. Und er war mit dieser Einordnung durchaus zufrieden. Er liebte seine Frau; er hielt sie für klüger als sich selbst, ohne darüber verbittert zu sein; er spülte das Geschirr und half auch bei anderen Arbeiten im Haushalt ohne Widerwillen und ohne das Gefühl, ein Opfer zu bringen. Er liebte seine Kinder; manchmal überraschte es ihn, daß er drei Töchter bekommen hatte und keinen Sohn, andererseits sehnte er sich keineswegs nach einem männlichen Nachkommen; er liebte sie, namentlich jetzt, da sie über die Kinderkrankheiten hinausgewachsen waren und allmählich selbständig wurden, fürchtete aber auch nicht die Zeit, wenn sie ihn, was nur natürlich war, verlassen würden. Er hatte Freunde, auch außerhalb der engen Welt von Fells Harbor, die in guten und schlechten Zeiten an ihn dachten; die Leute fühlten, daß sie ihn gut kannten, trotz seiner Aversion, gegenüber allen und jedem sein Herz auszuschütten. Er nahm seinen Beruf ernst, war zufrieden mit der Arbeit, auch wenn er wußte, daß er damit nicht zu Ruhm und hohen Ehren gelangen würde; er fühlte sich nicht als Parasit der Gesellschaft und wußte, daß seine Arbeit gebraucht wurde.

Sicher, in gewisser Hinsicht war er wenig tauglich für diesen Beruf. Zumindest sein Hintergrund war höchst ungewöhnlich für einen Sheriff in einem County. Er hatte sich durch das Studium gekämpft, mit Stipendien und der Arbeit als Werkstudent, um schon bald festzustellen, daß er sein Studium an der Technischen Hochschule von Massachusetts haßte und das Ingenieurswesen samt den Ingenieuren nicht ausstehen konnte. Schließlich schloß er das Studium mit einem Diplom in Kunstwissenschaft und englischer Sprachwissenschaft ab. An der Technischen Hochschule. Und damit begann seine Karriere als Vierkantbolzen in einem runden Loch.

Enid war er zum zweiten Mal begegnet, als sie beide studierten. Sie befaßte sich mit Geschichtswissenschaft, während er die großen englischen Geister des achtzehnten Jahrhunderts studierte – Boswell, Johnson, Goldsmith und Sheridan. Schon in ihrer Grundschulzeit hatten Enid und er sich gelegentlich gesehen und aus der Ferne gegrüßt; immerhin waren sie keine zehn Meilen voneinander aufgewachsen, freilich getrennt durch die einschneidenden gesellschaftlichen Grenzen, wie sie in kleineren Gemeinden besonders stark zur Geltung kommen. Aber trotz aller scheinbarer Unterschiede, trieb sie die geographische Herkunft zueinander, auch als eine Art Schutz gegen das noch wesentlich kältere menschliche Klima der Universität an der Ostküste.

Enid hatte von Anfang an genau gewußt, was sie wollte: ihr

Doktorat in amerikanischer Geschichte und eine Position in einem kleinen College in Neuengland. Außerdem hatte sie Trout heiraten wollen. Also heiratete sie, und Enid wurde schwanger – in dieser Reihenfolge.

Trout dagegen schien seine Entscheidung erst nach einem umfangreichen Eliminationsprozeß treffen zu können. Er warf sein Interesse für die Literatur über Bord und bewarb sich an mehreren juristischen Schulen, während Enid an einer schwangerschaftsbedingten Depression litt.

Sie wohnten in einem schäbigen, vor dem Krieg erbauten Heim für verheiratete Studenten. Enid stand einen Monat vor der Geburt ihres ersten Kindes und hatte sich vom Studium befreien lassen. Trout hatte ebenfalls gerade sein Studium abgebrochen, so daß auch sein ohnehin mageres Gehalt als Lehrassistent ausblieb. Und über ihnen schwebte wie eine unbezahlte Rechnung die Gewißheit, daß sie in Kürze auch ihre kleine Studentenwohnung aufgeben mußten – für Studenten, die imstande waren, dafür zu bezahlen.

Eines Nachmittags kam Trout von einem Einkaufsbummel in Goodwill zurück mit einer zerlegten, schon oft benutzten Wiege, und während er sie aus dem Volkswagen lud, stellte er fest, daß Enid alles, was sie besaß, bereits in Kartons verpackt hatte. Sie bestand darauf, ihr Baby im kleinen, sauberen und ländlichen Fells Harbor zur Welt zu bringen, ganz gleich, ob er sie dahin begleitete oder nicht. Trout konnte ihren Entschluß nicht mehr erschüttern – und er versuchte es auch gar nicht ernsthaft. Es gab nichts, was die beiden in Boston hielt, und außerdem sollte der Umzug nur vorübergehend sein, bis das Kind geboren war. Aber seitdem lebten sie in dem kleinen Ort an der Küste.

Enid hatte ihn drei volle Minuten lang ruhig beobachtet, während er auf einen Sprung im Plafond zu starren schien. »Sie muß wirklich faszinierend sein«, sagte sie jetzt.

»Das ist sie«, stimmte er ihr zu, erleichtert, daß er wieder von ihr reden konnte. »Du solltest sie kennenlernen. Im Ernst.«

»Ich glaube, das wäre nicht gut. Weißt du, ich bin wirklich nicht schwierig in solchen Dingen, aber ich fürchte, ein direkter

Vergleich ist nicht unbedingt das, was ich mir wünsche. Hat diese Circe denn einen Namen?«

»Eve Galatea.«

»Siehst du – wie blaß würde dagegen der Name Enid Trout erscheinen. Ich muß sagen, allmählich nehme ich die Sache doch persönlich.«

Trout lachte erleichtert. »Du bist doch nicht eifersüchtig.«

»Soweit es die Möglichkeit betrifft, stimme ich dir zu. Aber ich habe die Möglichkeit nie ganz ausgeschlossen. Ist sie griechischer Abstammung?«

»Wieso griechisch? Wegen Circe?«

»Nein, wegen Galatea. Der Name der von ihm selbst geschaffenen Statue, in die sich Pygmalion hoffnungslos verliebte. Die Götter hatten Mitleid mit ihm und verwandelten sie in ein Wesen aus Fleisch und Blut.«

»Gibt es einen historischen Hintergrund für deine Theorie? Du hast mich bereits davon überzeugt, daß Eve Galatea die Verkörperung meiner Träume darstellt. Soll ich nun auch noch glauben, sie ist trotz überwältigender Hindernisse für mich erreichbar – ich meine, daß ich meinen Traum haben und zugleich aufessen kann?«

Enid stopfte Trout ein Kissen vor den Mund. »Du würdest dir das nie und nimmer verzeihen; die puritanische Ethik ist viel zu stark in dir. Schon nach dem ersten Versuch würde ich ständig über Schuldbeweise stolpern. Du würdest Edith Hamilton lesen, Melodien aus *My Fair Lady* summen und Flaschen von Retsina und Ouzo heimbringen. Wenn du wenigstens katholisch wärst – dann könntest du deine lasziven Gedanken beichten und die Tatsache genießen, daß du zumindest in der Seele gesündigt hast, wenn schon nicht in ihrem Bett.«

»Du meinst also, ich hätte keine Chance?«

»Keine.«

»Und mir bleibt nichts, als zu entsagen?«

»Nichts.«

»Ich möchte es ja.« Dann, plötzlich ernst: »Aber irgend etwas ist an der Sache – ich weiß nicht, was. Ich krieg' sie einfach nicht mehr aus dem Kopf.«

Die Dinge gerieten nun in Bewegung. Die Arbeit, die in Trouts Büro anfiel, wurde mehr und mehr zur Routine. In allen praktischen Angelegenheiten hatte man ihm die Untersuchung aus der Hand genommen. Es würde eine Voruntersuchung geben, aber niemand, schon gar nicht Trout, rechnete damit, daß es sich dabei um mehr als eine zeremonielle Formsache handelte.

Die Reaktionen seiner Leute auf die Gegenwart des FBI und die Wachhunde von der Presse waren vorhersehbar gewesen und daher für Trout eher amüsant.

Homer bedauerte zutiefst, daß das FBI gerufen werden mußte, und die Ankunft der Beamten ließ seine Hoffnung auf einen Augenblick des Triumphes endgültig in Nichts aufgehen. Den Verlust versuchte er dadurch auszugleichen, daß er die Verbindungen zu den Medien kultivierte. Und Trout gönnte ihm diese kleine Freude, indem er die wenigen Pressemeldungen, die sein Büro herausgab, über Homer verkünden ließ. Trout überlegte, ob man Homer ein Sammelalbum für die Presseausschnitte schenken sollte, fürchtete dann aber doch, daß er damit einerseits zu dick auftragen und andererseits Homer eher ermutigen als bremsen würde.

Agronski war das Gegenteil von Homer: ein ehrgeiziger Mensch, aber nur innerhalb seines Aufgabenbereichs. Er hatte juristische Zeitschriften abonniert, las wissenschaftliche Werke über Kriminologie und war verantwortlich für das verhältnismäßig raffiniert eingerichtete, wenn auch finanziell beschränkte Labor. Er wollte und konnte seine Aufgaben wie ein Experte lösen. Sicher, es gab nicht viele Gelegenheiten, in denen er sich der Herausforderung stellen konnte; die meisten Vergehen lagen im Bereich von Verkehrsdelikten und Umweltverschmutzung. Dennoch war Fells Harbor keineswegs die typische, schläfrige Provinzstadt, dafür sorgte schon die Lage des Ortes. Nein, Fells Harbor war ein Ankerplatz für die Müßigen und die Reichen – vor allem aber für die müßigen Reichen. Die saisonbedingten Steigerungsraten der Kriminalität hielten Agronski durchaus, wenn auch nur periodenweise, in Trab.

Er hatte sich sogar schon mit zwei Mordfällen befassen dürfen. Der erste war einfach gewesen: eine junge Frau, die gestand, ihren Schwiegervater umgebracht zu haben, weil er immer an ihrem Essen herummäkelte. Der zweite dagegen war lang und kompliziert, aber nie langweilig gewesen für Agronski: Tagsüber arbeitete er als Detektiv und im Labor, nachts dagegen konstruierte er psychologische Zusammenhänge und formulierte Methoden und Motive.

Agronski hätte nichts dagegen gehabt, wenn man seinen Beruf in eine Ebene mit dem eines Künstlers eingeordnet hätte. Sicher, er hätte seine Talente heruntergespielt und mit jungenhaftem Ernst verkündet, daß es ihm nie gelingen würde, die Höhe der Alten Meister zu erreichen, aber zugleich war er stets bestrebt, seine Techniken zu verbessern und auszuarbeiten.

Die Gegenwart der Reporter bereitete ihm viel Kummer. Sie unterbrachen und störten ihn bei seiner Arbeit, sie störten sich allerdings auch gegenseitig. Sie waren langweilig und gelangweilt in ihrem Bestreben, alles Berichtenswerte auszugraben und der Voruntersuchung zuvorzukommen. Agronski wünschte sich, daß die Alkohollizenzen in Fells Harbor großzügiger gehandhabt werden würden, wobei er von der Überzeugung ausging, daß die Angehörigen der vierten Macht im Staate nicht direkt vor seiner Nase ihr Hauptquartier aufschlagen würden, wenn die Bars länger geöffnet hätten.

Andererseits war er geradezu entzückt darüber, daß die Beamten des FBI ihre Nase in den Fall steckten. Trout war platt, als er zufällig ein Gespräch zwischen Agronski und einem FBI-Fachmann mithörte, in dem es um die Frage der Datierung von Kohlenstoff im Hinblick auf das Karbonzeitalter ging. Dabei stellte er fest, daß Agronski durchaus in der Lage wäre, den Mord an einem Cro-Magnon-Menschen aufzuklären, falls sich je die Notwendigkeit dazu ergeben sollte.

Agronski hatte gerade seinem Chef den FBI-Bericht über Eve Galatea übergeben. Ein dürftiges Papier, wie sich herausstellte. Geboren in Ohio – ausgerechnet Ohio! –, nicht verheiratet, keine näheren Verwandten. Erbin eines kleinen Vermögens.

Keine feste Anschrift, bis sie sich vor einem Jahr in Boston niederließ, obwohl »niederlassen« nicht das richtige Wort war, wenn man ihren Lebensstil beschreiben wollte. Man hatte mit den Nachbarn in den umliegenden Wohnungen gesprochen, und sie skizzierten das Leben einer Einsiedlerin. Eve Galatea wurde kaum gesehen. In den ersten Monaten verbrachte sie die meiste Zeit auf Reisen, wobei sie mit der Hausverwaltung schriftlich verkehrte, wenn es notwendig war, daß man sich um die Vernichtung von Insekten oder um die Reparatur eines schadhaften Heizkörpers kümmerte. Später verbrachte sie einige Zeit in ihrer Wohnung, aber die Nachbarn erkannten sie praktisch nur an ihren großen Sonnenbrillen, den noch größeren Hüten und ihrer seltsamen Distanz. Hochmütiges Verhalten ist in Boston nichts Ungewöhnliches – im Gegenteil. Es ist fast eine Voraussetzung für die Anerkennung als Bostonier. Aber Eve Galatea war außergewöhnlich unzugänglich. Ihre Nachbarn, die untereinander keinen großen Kontakt hielten, sprachen von ihr als »unsere Garbo«. Sie ging selten aus und empfing keine Besucher – das konnte der Portier des Apartmenthauses mit Sicherheit bestätigen. Sie lebte in einem selbstgeschaffenen Kloster, dachte Trout.

In den letzten Monaten war sie jedoch geradezu buchstäblich aus ihrem Kokon geschlüpft. Sie hatte die Hüllen vermindert, die sie vor der Außenwelt schützen sollten, und war sogar mehrmals ohne Hut gesehen worden. Im Aufzug und im Foyer tauschte sie mit den anderen Mietern belanglose Worte der Höflichkeit.

Das Hauptgewicht des Berichts – ja, genau gesagt, das einzige, was die mit dem Fall Befaßten interessierte – lag auf der Feststellung, daß es offenbar nichts gab, was sie mit Nathan Adams in Verbindung brachte. Die Möglichkeit einer solchen Verbindung wäre das einzige gewesen, was aus dem Selbstmord möglicherweise einen Mordfall gemacht hätte – oder ein Trugspiel, das dazu bestimmt gewesen wäre, die Suche nach Adams zu beenden. Der Bericht schloß mit der Erkenntnis, daß es keinen Grund zu der Vermutung gebe, die beiden hätten vorher schon in einem wie auch immer gearteten Kontakt gestanden.

Und er enthielt noch eine Fußnote in bezug auf den Charakter von Eve Galatea, die Trout amüsierte. Der Beamte, der sie vernommen hatte, war zu dem Ergebnis gekommen, daß sie »mutig und unbekümmert« sei, dazu »kaum fähig eines betrügerischen Aktes«. Eine elegante Pfadfinderin, dachte Trout und lächelte. Ihre Wirkung schien universell zu sein.

Jetzt war der Druck gewichen. Obwohl das verschwundene Geld noch gefunden werden mußte, konnte Adams es wenigstens nicht mehr weiter verschwenden. Trout hatte Enid gegenüber geäußert, was ihn am meisten wundere, sei die Tatsache, daß es Adams offenbar nicht gelungen sei, auf das Versteck seines »Schatzes« hinzuweisen. Seiner Meinung nach wäre der Abschiedsbrief dazu das geeignete Mittel gewesen.

»Du meinst, er hätte reinen Tisch machen sollen, um seine Position vor der Nachwelt zu verbessern?«

»Ja«, antwortete Trout.

»Aber so, wie du ihn mir beschrieben hast, ist das so ungefähr das letzte, was man von ihm erwarten konnte. Sein Trost scheint mir vielmehr darin bestanden zu haben, daß er sich vorstellte, wie ihr alle herumjagt, um die Beute zu finden. Ich würde sagen, ein paar Wochen Suche sind durchaus angebracht – aber danach sollte man das Geld wohl abschreiben. Entweder er hat es euch leicht gemacht, den Schatz zu finden, oder unmöglich.«

»Natürlich«, bekräftigte Trout. »Ich beschreibe dir diesen Nathan Adams, und du verstehst ihn auf Anhieb besser als ich. Weibliche Intuition?«

»Nein – nüchterne Intelligenz. Mich interessiert in diesem Zusammenhang vor allem, wo und wie er die letzten vierzehn Monate verbracht hat.«

»Laß es mich wissen, wenn du diese Frage beantwortet hast. Ich selbst plage mich diesbezüglich seit über einem Jahr herum.«

»Nun ja – er hatte immerhin Geld genug, um alles mögliche zu tun – überall auf der Welt.«

»Wie du sagst. Aber es fragt sich doch, wieviel man dafür bezahlt, daß man unsichtbar bleibt.«

Trout fuhr hinaus zum Haus der Hornsbys. Er sollte die Frage prüfen, ob Eve Galatea mit den Familienmitgliedern in Kontakt gestanden hatte. Auch nicht mehr als eine Formalität. Und Trout nahm an, daß seine Gegenwart die Sache erleichtern würde – ein bekanntes Gesicht und so weiter. Er wußte nicht, ob er sich über die Aufgabe freute oder nicht – aber immerhin war sie eine Gelegenheit, ein Thema zu besprechen, das ihm noch immer am Herzen lag.

Diesmal öffnete ihm Gerald selbst, der sehr entspannt wirkte, als er Trout in den nun schon vertrauten Salon führte. Selbst sein Aussehen hatte sich in der Zwischenzeit verändert. Er kleidete sich bequem, wenn auch die Bezeichnung »lässig« übertrieben gewesen wäre. Seine Kleidung wirkte so, als hätte er sie sorgfältig aus einem Schaufenster von Saks ausgewählt und im ganzen, bis zu den verzierten Lederslippern, nach Hause schikken lassen. Er wirkte darin wie ein Jungunternehmer in Mußestunden – in der einen Hand ein Glas mit Harvey's Bristol Cream, die andere auf einer Sprosse der Leiter zum Erfolg.

Trout fragte nach seiner Mutter, die sich nach Auskunft von Gerald völlig erholt hatte. Sie sprachen ein wenig über die Berichte in der Presse und über die Voruntersuchung. Als ob er meinesgleichen wäre, dachte Trout. Als ob sie aus einer gemeinsamen gesellschaftlichen Schublade stammten und als ob ich ihm Verstand und Vernunft zubilligte. Schließlich fragte Trout, ob er eine Frau namens Eve Galatea kenne oder eine Frau, auf die die Beschreibung der Galatea zutreffe – und ob es möglich sei, daß sein Bruder eine solche Frau gekannt habe. Gerald brauchte nicht lange zu überlegen; er hatte noch nie von einer derartigen Person gehört.

Daraufhin äußerte Trout den Wunsch, die gleiche Frage an Mrs. Adams und die Sekretärin zu stellen. Gerald versicherte ihm, daß seine Mutter durchaus in der Lage sei, ihn empfangen zu können. Er würde sie in Kürze herunterführen und ihm inzwischen Greta Bergstrom hereinschicken.

Gerald war noch nicht lange genug draußen, daß Trout sich über die völlig veränderte Haltung des letzten der Adams' Gedanken machen konnte, als Greta hereinkam. Sie blieb nicht unter der Tür stehen, wie Trout nach ihrer letzten Begegnung angenommen hätte. Aber sie gab sich auch diesmal zurückhaltend. Dabei mußte sie sicher tüchtig sein, wenn sie für diese Stellung im Haus geeignet war. Man hatte ihr gesagt, sie solle sich den Fragen Trouts zur Verfügung stellen. Eine Kommandosache, sozusagen.

»Ich nehme an, Sie wollen mir Fragen stellen?«

Jetzt war sie ganz geschäftlich-formell. Wenn er nicht damit anfing, würde sie ihm vermutlich die Fragen liefern – und die Antworten gleich dazu.

»Haben Sie jemals den Namen Eve Galatea gehört?«

»Nein. Das heißt, nur von dem, was in den Zeitungen gestanden hat.«

Trout beschrieb umständlich und liebevoll ihr Aussehen.

»Ich glaube nicht, daß ich einer solchen Frau schon einmal begegnet bin.«

»Ich dachte mir, daß Sie möglicherweise wissen, ob Nathan Adams mit Miss Galatea in Beziehung gestanden hat.«

»Ich war nie die Sekretärin von Mr. Adams. Ich bin die Privatsekretärin von Mrs. Adams.« Ihr Gesicht war leicht gerötet – bis auf zwei weiße Streifen zu beiden Seiten ihrer Nase. »Ich hatte keinen Einblick in seinen Terminkalender, wenn Sie das gemeint haben sollten. Und ich weiß nicht, wieso Sie ausgerechnet mich nach seinem Privatleben fragen.«

Trout war überrascht wegen ihrer heftigen Reaktion, entließ sie aber mit einem lässigen: »Ich danke Ihnen.«

Als sie an der Tür war, drehte sie sich noch einmal um. »Wenn Sie versuchen sollten, seinen Selbstmord so darzustellen, als sei eine Frau die Ursache dafür gewesen, finde ich das ungeheuerlich.«

Und damit überließ sie ihm die Entscheidung darüber, welche Emotion sie zu diesem heftigen Abgang geführt haben mochte. Er dachte an Liebe, Eifersucht, Schutzbedürfnis, Zorn und Zurückweisung. Und das alles im Zusammenhang mit einem einzigen Mann. Und aus einer unerwarteten Quelle. Obwohl sie ihm fünf Minuten lang gegenübergestanden hatte, konnte sich Trout jetzt kaum an die Züge Gretas erinnern. Sie schienen ineinander zu verfließen. Die Nemesis eines jeden Polizeibeamten: eine völlig unauffällige Person. Ausgenommen die Stimme. Sie hatte gewisse Kanten und Schärfen, als ob sich ihre Persönlichkeit allein durch den Tonfall ausdrücken müßte; dennoch schufen die einzelnen Töne keineswegs eine Symphonie, sondern eher eine geradezu peinliche Dissonanz.

Trout hatte nach seinem Gespräch mit Gerald die Erkenntnis gewonnen, daß die Familie keineswegs so bizarr war, wie das nach den ersten Umständen seiner Bekanntschaft nahegelegen hätte. Er war beeindruckt von der großartigen, wenn auch verwundbaren Persönlichkeit der alten Dame, aber jetzt mußte er daran denken, daß ein Psychologe hier ein reiches Betätigungsfeld vorfinden würde – ein ganzes Geschwader von Psychiatern, eine Armee von Familientherapeuten. Freudianer hätten sich mit Lust auf die Mutter-Sohn-Beziehungen geworfen, und für die farblose Greta wäre wahrscheinlich die Urschrei-Therapie das Naheliegende gewesen.

Mildred Hornsby-Adams betrat am Arm ihres Sohnes den Salon. Sie wirkte älter als beim letzten Gespräch und stützte sich auf einen Stock, den sie in der freien Hand hielt. Aber dennoch machte sie keineswegs den Eindruck einer Invalidin. Sicher, sie war verletzt, aber die Wunde würde nicht zum Tode führen. Noch immer wahrte sie eine Aura von Eleganz und Macht.

»Gerald sagt mir, daß Sie mir Fragen stellen wollen über die junge Frau, die Augenzeuge beim Tod von Nathan wurde. Ich bin dazu bereit, also machen Sie sich über meinen Zustand keine Gedanken. Aber bevor Sie beginnen, möchte ich Ihnen danken für Ihre Güte gegenüber unserer Familie, und vor allem mir gegenüber, bei unserer letzten Begegnung. Ich habe in den dazwischenliegenden Tagen oft an Sie denken müssen.«

Trout war betroffen. Um es zu verbergen, senkte er den Blick, während er fühlte, wie ihm die Röte in die Wangen stieg. Dabei sah er, daß sein linkes Hosenbein hochgerutscht war und seine Wade sehen ließ. Was zu seiner Betroffenheit beitrug. Das waren die Situationen, in denen es ihm einfach nicht gelingen wollte, die richtigen Worte zu finden. Angesichts der Dankbarkeit, Bewunderung, der Trauer oder der Beschämung eines anderen kam er sich so unwohl vor wie der Mann im eleganten Anzug, der feststellt, daß er in einen Hundehaufen getreten ist. Aber er wußte, daß es nichts nützte, sich nun seinerseits in Selbstbeschuldigungen zu ergehen, da dies die unangenehme Situation nur verlängern würde. Also sagte er etwas gepreßt: »Ich bin froh, wenn ich Ihnen die Sachlage nicht schwieriger gemacht habe, als sie es ohnehin ist.«

Mrs. Adams lächelte gütig und ging dann auf den Anlaß seines erneuten Besuchs ein. »Besteht die Möglichkeit, daß diese Person zu meiner Bekanntschaft zählt?«

»Nein, keineswegs. Aber so unwahrscheinlich es uns vorkommt, sind wir doch verpflichtet nachzuprüfen, ob sie in irgendeiner Weise mit Ihrem Sohn Nathan in Verbindung gestanden haben könnte.«

»Sie meinen, eine Verschwörerin?«

»Ich sagte es bereits, es erscheint mir unwahrscheinlich.«

»Wohnt sie in einem der Küstenorte? Ich erinnere mich nicht mehr daran.«

»Nein, sie lebt in Boston. Sie macht Ferien in der Gegend.« Trout beschrieb sie noch einmal ausführlich, hörte freilich auf, als er merkte, daß in seiner Stimme ein Unterton von Begeisterung zu erkennen war, und fragte dann fast abrupt nach Nathans Beziehungen zu den Frauen im allgemeinen.

»Ich glaube, ich kann da gar nichts sagen«, erklärte Mrs. Adams nach einer nachdenklichen Pause. »Und mir fällt niemand ein, der auch nur im entferntesten an Ihre erschreckende Amazone erinnert.«

»Damit haben Sie wahrscheinlich genau den Schlüssel zu ihrem außerweltlichen Charme gefunden: eine direkte Nachfahrin einer Amazonenkönigin. Und das ist gar nicht so weit hergeholt, da sie griechischen Ursprungs ist.«

»Ach, wirklich – griechisch?«

»Eine Vermutung, die lediglich auf ihrem Familiennamen beruht. Ich würde sagen, ihre Familie dürfte sich bereits vor einigen Generationen in diesem Land angesiedelt haben.«

»Und ihr Name? Ich erinnere mich nicht, ihn gehört zu haben.«

»Galatea.«

»Galatea?«

»Eve Galatea.«

»Eve Galatea?«

»Mutter«, mischte sich Gerald ein, »du zwingst mich fast dazu, ein Bonmot zu machen über das Echo, das du darstellst, womit wir erneut die Verbindung zur griechischen Mythologie hergestellt haben dürften.«

»Aber natürlich, Gerald«, sagte sie jetzt geistesabwesend.

Trout beobachtete, wie die alte Dame erstaunt die Stirn in Falten zog. »Kennen Sie sie – oder weckt der Name Erinnerungen?«

»Jetzt fühle ich, daß ich mich eigentlich erinnern müßte, auch wenn ich sicher bin, daß ich sie nie zuvor gesehen oder von ihr gehört habe. Ein seltsames Gefühl.« Sie schüttelte es ab.

»Vielleicht erinnern Sie sich an die Pygmalion-Sage.«

»Ja, vielleicht ist es das. Vermutlich. Jedenfalls, es würde mich wundern, wenn mein Sohn diese Miss Galatea gekannt hätte. Er war alles andere als ein Hedonist.« Trout blickte scharf auf, und sie lächelte. »Die junge Frau wäre mir sicher nicht dankbar für die Art und Weise, wie diese letzte Erklärung den anderen folgte. Ich wollte damit nur sagen, wenn Nathan auch keine Hemmungen kannte, seinen Appetit zu stillen, so war sein Appetit doch weitgehend auf den ursprünglichen Begriff des Wortes beschränkt. Trotz seiner kulturellen und gesellschaftlichen Aktivitäten führte er das, was man gemeinhin als mönchisches Leben bezeichnen würde.«

Gerald hatte, während seine Mutter diese Feststellung traf, nachgedacht und fügte jetzt hinzu: »Ich halte es für höchst unwahrscheinlich, daß Nathan im letzten Jahr ein Verhältnis mit dieser Frau gehabt hat, und für ausgeschlossen in der Zeit vor seinem Verschwinden.«

»Ja, und diese Zeit können wir ausschließen. Im letzten Jahr ist ihr Leben nach unseren Ermittlungen ein offenes Buch – ohne irgendwelche Männer, die darin die Interpunktion gesetzt hätten.«

»Wissen Sie«, erklärte Gerald, »ich kann mir auch nicht vorstellen, daß Nathan heimlich eine solche Affäre gehabt haben sollte. Seine romantischen Erlebnisse hingen immer mit einem Gemälde oder einem seltenen Buch zusammen – er blühte nur auf in einer höchst verfeinerten Atmosphäre, wenn ich das mal so sagen darf. Meine Mutter hat das Wort mönchisch verwendet. Ich finde, Einzelgänger trifft noch besser auf ihn zu.«

Mrs. Adams nickte.

Trout bedankte sich, erhob sich halb aus seinem Sessel und gab dann doch seiner Neugierde nach. »War einem von Ihnen bewußt, daß Greta Bergstrom Nathan geliebt hat?«

»Wir haben sehr sorgfältig darauf geachtet, diese, wie mir scheint, einseitige Beziehung zu unterbinden.« Mrs. Adams seufzte. »Ich habe schon erwogen, sie aus diesem Grund zu entlassen. Ich sprach davon, daß ihre Dienste für mich mit meinem zunehmenden Alter an Bedeutung verloren hätten, und schlug vor, ihr eine anregendere und lukrativere Stellung zu besorgen bei einem unserer Freunde, in dieser Art – Sie verstehen. Als sie es hörte, schaute sie mich an wie ein verwundetes Tier, mit Augen, die dem Wahnsinn nahe schienen, und flehte mich an, bleiben zu dürfen, war sogar bereit, nur für Unterkunft und Verpflegung zu arbeiten. Sie wirkte dabei so überaus pathetisch, daß ich mich entschloß – vielleicht unklugerweise –, sie zu behalten, da der Schaden ja nun einmal angerichtet und sie offensichtlich nicht in der Lage war, sich einer veränderten Situation anzupassen. Gerald und ich fühlten, daß wir irgendwie verpflichtet waren, Greta einen gewissen Schutz zu bieten, und abgesehen von ihrer besessenen Liebe zu Nathan ist sie ja auch wirklich eine erstklassige Sekretärin.«

»Hat sie Ihnen denn gestanden, daß sie Nathan liebte?« fragte Gerald ungläubig.

»O nein. Ich bin sogar sicher, sie hätte es eisern geleugnet«, erwiderte Trout, »aber es war nicht zu übersehen. Sie kennen sie natürlich besser als ich, aber ich glaube, sie balanciert seelisch auf einem gefährlichen Seil, und ihr Gleichgewichtssinn ist nicht allzu gut.«

»Offensichtlich sparen wir uns unsere Nervenzusammenbrüche für Ihre Besuche auf«, bemerkte Gerald und lächelte.

»Aber ich fürchte, ich maße mir da ein Urteil an, das mir nicht zusteht«, entschuldigte sich Trout.

Und Gerald fand, daß er sich ebenfalls entschuldigen mußte. »Ich bin froh, daß Sie das Thema angesprochen haben. Wir sind nur allzu geneigt, Greta durch einen Schleier der Toleranz zu betrachten. Wir tolerieren sogar ihren nervlichen Kollaps. Aber wenn schon eine flüchtige Begegnung ausreichte, um einen Fremden, einen objektiven Betrachter, davon zu überzeugen, daß sie Hilfe nötig hat, scheint es wohl an der Zeit für uns, dafür zu sorgen, daß sie diese Hilfe auch erhält.«

Mrs. Adams erklärte die etwas dunkle Feststellung ihres Sohnes. »Als Greta zu uns kam, war sie noch sehr jung und, wie ich meine, recht eingeschüchtert von Dingen, die für uns selbstverständlich sind. Sie war sehr leicht zu beeindrucken, aber auch bemerkenswert klug und lernfähig, und ich war froh, sie in unseren Dienst genommen zu haben. Sie hat eine Reihe von Pflichten übernommen, die ich mit den Jahren nur allzugern abgegeben habe.« Jetzt legte sie eine Pause ein, um die Fäden ihrer Schilderung enger zu knüpfen. »Auch Nathan merkte, daß sie ein kluges Mädchen war. Er machte es sich zur Aufgabe, sie in die ihr unbekannten Bereiche des gehobenen Geschmacks einzuführen – vom Kaviar bis zur Oper, und natürlich auch in seine eigene Lebensweise.«

»Sie war eine willige Schülerin, aber seine größten Erfolge hatte er in der letzten Kategorie zu verzeichnen«, sagte Gerald mit Nachdruck. »Und zwar in einer Weise, daß er sich ihr gegenüber vom Lehrer zum Peiniger wandelte.«

»Ja, er hat die arme Greta ständig auf die Probe gestellt. Er wollte sehen, wieviel ihre Zuneigung zu ihm ertragen konnte«, erklärte die Mutter. »Ich nehme an, es muß sehr erniedrigend gewesen sein für sie.«

»Und immer, wenn er sie erniedrigte, nahm sie es hin – als den Preis, den sie für die Gesellschaft von Henry Higgins zahlen mußte«, sagte Gerald. »Und wenn sie jeglichen Protest unterdrückte, verstärkte sich sein Ärger und – ja, seine Grausamkeit.«

»Warum hat er sie nicht einfach in Ruhe gelassen?« fragte Trout. »Es sei denn, Sie deuten damit an, daß das seine Art von

Liebesbezeugung ihr gegenüber war.«

Mrs. Adams tauschte einen Blick mit ihrem Sohn; sie schienen beide entschlossen, sich die Antwort darauf gegenseitig zuzuschieben. Schließlich ergriff Gerald das Wort. »Ich glaube, einer solchen Gefühlsregung wäre Nathan nicht fähig gewesen. Ja, ich glaube fast, er war überhaupt keiner Gefühlsregung fähig, nicht einmal der des Zorns. Vergnügen und Mißvergnügen – ja. Aber das sind abstrakte Reaktionen, keine Gefühle. Ich glaube, es machte ihm Spaß, in den Tiefen von Gretas Verehrung herumzustochern – für ihn war das nichts weiter als ein faszinierendes Spiel.« Gerald stieß ein trockenes Lachen aus, das fast wie Husten klang. »Wie der Ankauf von gewinnbringenden Aktien. Aber ich nehme an, daß das nicht der Hauptgrund war, weshalb er die Beziehung fortsetzte – sie war für ihn außerdem äußerst praktisch.«

Mildred Adams-Hornsby nahm das Stichwort auf. »Nathan hatte kein sonderliches Interesse an Frauen – als Partner. Ebensowenig wie an Männern«, fügte sie rasch hinzu.

»Um es einmal deutlich zu sagen«, warf Gerald ein, »er war ebenso amoralisch wie asexuell.«

»Aber die Gesellschaft erfordert es, daß ein Mann gelegentlich in Begleitung einer Frau erscheint«, fuhr Mrs. Adams fort. »Greta spielte in dieser Hinsicht eine Doppelrolle. Einerseits ergänzte sie ihn auf gesellschaftlicher Ebene, sagen wir, wie ein Kleidungsstück, und andererseits hielt sie ihm auf diese Weise die anderen Frauen vom Hals.«

Vielleicht hielt Gerald die Erklärung damit für komplett, vielleicht war ihm das Thema auch unangenehm – jedenfalls führte er das Gespräch auf eine unpersönlichere Ebene zurück. »Können Sie mir sagen, ob der Termin für die Voruntersuchung inzwischen endgültig feststeht? Ich möchte daran teilnehmen, aber ich habe auch einige geschäftliche Verpflichtungen in New York.«

»Gerald hat Nathans Stellung in der Firma übernommen«, sagte Mrs. Adams. »Der Aufsichtsrat hat ihn monatelang dazu gedrängt, und erst gestern hat er sich endgültig positiv entschieden.«

Trout blinzelte ungläubig. Sicher, Gerald hatte sich in seiner Haltung radikal verändert, vor allem auch gegenüber seiner Mutter, aber wenn er sich ihn als einen der Großmogule der Wall Street vorstellte, schien ihm das doch über die Fähigkeiten und die Ambitionen dieses eher bescheidenen Mannes weit hinauszugehen.

»Die Voruntersuchung findet definitiv am kommenden Freitag statt. Wir haben heute morgen eine entsprechende Meldung an die Presse gegeben. Wenn man einmal von der, nun ja, sensationellen Todesart und von der Lebensgeschichte Ihres Bruders absieht, dürfte es eine verhältnismäßig unkomplizierte Sache werden. Damit will ich sagen, daß es keine neuen Erkenntnisse gibt. Und das Ergebnis steht meines Erachtens fest.«

»Dennoch finde ich, es ist wichtig, daß wir daran teilnehmen«, sagte Gerald leise.

Trout trank noch eine Tasse Tee in Gesellschaft von Mutter und Sohn, dann verabschiedete er sich.

»Enid, ich würde dich am liebsten in das Haus Hornsby einschmuggeln«, sagte Trout.

»Du brauchst nur davon zu sprechen, und schon erfüllt großes Verlangen meine Seele. Weißt du, ich habe gelegentlich schöne Stücke in meinem Geschäft, aber es sind Reproduktionen. Sicher, alte Reproduktionen, du weißt schon, ›im Stil von Hepplewhite‹, oder wie man so zu sagen pflegt bei den Kunden. Verflixt, ich würde den Adams' die Möbel gratis polieren, wenn ich Gelegenheit bekäme, mit den Händen darüber zu streichen.«

»Du bist wirklich ein monomanes Wesen. Du redest von Antiquitäten –«

»Antiquitäten!«

»– während ich über die faszinierendste menschliche Beziehung seit dem Hause Ödipus spreche.«

»Das halte ich nun wieder für Gerede!«

»Ich fürchte, du begreifst nicht.«

»Hast du dich jemals gefragt, warum ich mich nicht längst mit meinen großartigen Funden an die Adams' gewandt habe?«

»Aus Bescheidenheit, nehme ich an.«

»Da kannst du recht haben. Aber was wolltest du über den Adams-Clan sagen?«

»Nicht wichtig.«

»Mach mich nicht neugierig. Sprich.«

Er trat hinter sie und küßte sie auf den Nacken.

»Schmeckt süß und salzig zugleich.«

»Was?«

»Dein Hals.«

»Wenn du nicht redest, setze ich dich auf Diät.«

Trout ließ die Arme sinken, setzte sich auf die Couch und zündete sich eine Zigarette an. »Erst zeigst du kein Interesse, und wenn ich längst bei einem anderen, wesentlich persönlicheren Thema angekommen bin . . .«

»Lächerlich. Du bist doch geradezu versessen darauf, mir die neuesten Erkenntnisse aus der Saga der exzentrischen und vornehmen Erzherzogin und ihres etwas gealterten Milchsöhnchens zu berichten.«

»Das ist es ja, was mich daran so fasziniert: Die Szene ist dieselbe geblieben, die Darsteller sind auch dieselben, aber die Charaktere haben sich grundlegend geändert. Mildred Hornsby-Adams ist, nun ja, nicht gebrochen, aber sie ist milder geworden. Hier und da überläßt sie sogar dem Sohn Gerald wichtige Stichworte. Und dieser Gerald – es kommt mir so vor, als habe er zuletzt doch noch die Rolle akzeptiert, die ihm zugedacht war. Statt seinen Namen nur für die Briefköpfe der Firma herzugeben, übernimmt er den Vorsitz des Unternehmens. Das spricht für sich. Er zeigt damit erstens sehr viel Mut, aber zweitens spricht die Tatsache, daß man ihm diese Position offenbar angeboten hat, von der Erkenntnis der Aufsichtsräte, daß sie es mit einem Mann zu tun haben, der weit mehr vom Geschäft versteht, als ich ihm zugetraut hätte.«

»Ich hatte schon immer eine Vorliebe für Spätentwickler.«

»Dein Tag wird kommen . . .«

»Hör bloß auf damit – mach lieber mit der Adams-Saga weiter.«

»Und was das Anhängsel betrifft, diese höchst tüchtige Privatsekretärin, so hängt sie selbst heute noch in einer Weise an

Nathan Adams, wie du an deinen Kommoden aus dem neunzehnten Jahrhundert hängst.«

»Hat sie das gesagt?«

»Sie würde es nie und nimmer zugeben, aber als ich sie nach einer möglichen Beziehung zwischen ihm und Eve Galatea fragte, bin ich ganz schön ins Fettnäpfchen getreten.«

»Und – gibt es einen Anlaß für eine derartige Vermutung?«

»Nein. Bisher hat sich keine Verbindung zwischen den beiden nachweisen lassen.«

»Wie schade. Die zwei wären ein bemerkenswertes Paar gewesen.«

»Was willst du damit sagen?« Trouts Stimme klang etwas rauh bei dieser Frage.

»Bedenke doch, was die beiden an Gemeinsamkeiten hatten: die hohe Einschätzung der Macht des Geldes, einen unbeirrbar guten Geschmack, Interesse für die Kunst und ein Gefühl der Überlegenheit gegenüber gewöhnlichen Sterblichen. Ein fabelhaftes Paar – das hätte jeder in ihren Kreisen bestätigen müssen.«

»Du weißt ja nicht, wovon du redest.«

»Aha. Jetzt soll ich also das Thema wechseln.« Enid zögerte, dann ging sie quer durch das Zimmer zur Couch und setzte sich neben Trout, legte ihren Kopf an den seinen und fummelte an seinen Hemdknöpfen herum. Dabei blieb sein Gesicht seltsam unbewegt.

Eine Minute verging, dann sagte Trout: »Tut mir leid, aber ich habe Kopfschmerzen.«

Kapitel

4

Die Voruntersuchung fand in der Aula der Highschool des Countys statt, im »Elizabeth-Cady-Stanton-Auditorium«. Der Saal im Gerichtsgebäude war nicht groß genug, und der Versammlungsraum neben der Kirche wurde gerade renoviert.

Trout blinzelte, um klarer sehen zu können, doch dann stellte er fest, daß es nicht an seinen Augen lag; Dunst erfüllte den Raum. Es war ein ungewöhnlich heißer Tag, ohne die kühlende Brise vom Ozean. Als er am Morgen erwacht war, hatte er das Gefühl gehabt, als ob irgend etwas fehlte. Da er sich nicht imstande sah, diese vermeintliche Lücke, die vermutlich in ihm selbst bestand, füllen zu können, verdrängte er das Gefühl, so gut es ging. Aber jetzt verstärkte es sich, begleitet von einer blitzartigen Erkenntnis. Ja, das war es: Heute lag kein Salz in der Luft, abgesehen vom Salz menschlichen Schweißes. Er vermißte die klare, herbe Luft des Ozeans, vermißte sie bei jedem Atemzug.

Er sah sich in dem Saal um und stellte mit Befriedigung fest, daß die Zahl der Zuschauer bei der gerichtlichen Voruntersuchung nur halb so umfangreich war, wie er angenommen hatte. Vermutlich hatte die Hitze einen großen Teil der Neugierigen abgehalten.

Trout hatte Enid beim Frühstück gefragt, ob sie daran interessiert sei, das Verfahren als Zuschauer zu erleben, aber sie hatte abgesagt, und zu viele Gründe genannt, aus denen sie anderswo gebraucht würde. In den letzten Tagen waren sie miteinander äußerst höflich umgegangen, und Trout wußte aus Erfahrung, daß eine solche bewußte Sorgfalt in ihrer Beziehung ein drohendes Zeichen war. Aber er war auch nicht imstande, dieses Gefühl näher zu analysieren.

Mit halbgeschlossenen Augen stellte er jetzt fest, daß sich alle nötigen Teilnehmer versammelt hatten, ja daß sie überpünktlich erschienen waren. Das war gut so, und er warf einen dankbaren Blick auf die Darsteller der Hauptrollen. Nur einmal legte sich seine Stirn kurz in Falten, als er Greta sah. Warum erinnerte er sich nicht an ihren Familiennamen? Und – warum hatten sie sie überhaupt mitgenommen? Genau diese Frage stellte er Gerald Adams, als dieser mit ihm auf eine Zigarette hinausgegangen war in den Vorraum, nachdem er seine Mutter und die Sekretärin im Saal zurückgelassen hatte. Gerald zuckte resigniert mit den Schultern, erklärte, daß sie entschlossen gewesen sei, an der Verhandlung teilzunehmen und daß der Arzt nichts dagegen einzuwenden hätte. Schließlich konnten sie sie nicht im Burgverlies einsperren – und das wäre vermutlich nötig gewesen, wenn man sie hätte fernhalten wollen.

Außerdem habe seine Mutter gemeint, daß Gretas Anwesenheit dazu dienen könne, ihr Nathans Tod als eine Gegebenheit vorzuführen, die sie zu akzeptieren habe. Da der Leichnam bis jetzt nicht entdeckt worden war und sie daher nicht in der Lage seien, die Zeremonien der Aufbahrung und des Begräbnisses abzuhalten, könne diese gerichtliche Prozedur den reinigenden Prozeß der Trauerarbeit einleiten und vertiefen.

Trout hatte sich ein wenig über Geralds kühle Gelassenheit geärgert. Dieser Mann war offenbar nur allzu bereit, den Tod seines Bruders hinzunehmen ohne die leiseste Spur von Trauer. Denn davon war nichts zu merken – nicht an dem teuren, hellen Seidenanzug, der lose und bequem geschnitten war, nicht an dem Salonschnitt seines Haars, nicht an dem makellosen, lachsfarbenen Hemd und der dazu passenden hellen Krawatte. Die Reichen schwitzen nicht, dachte Trout. Vielleicht war so etwas erblich: dünnes blaues Blut, das durch die Adern pulste und nicht so leicht in Wallung geriet. Ja, vielleicht empfand Gerald trotz allem so etwas wie Trauer, aber sein Blut verhinderte es, daß man sie äußerlich wahrnahm.

Nein, sagte er sich dann: Dieser neue Gerald mußte aus der Asche jenes ausgebrannten Geschöpfs neu erstanden sein, das er am Tag von Nathans Tod vorgefunden hatte; seine Gefühle und Ambitionen mochten sich vielleicht verändert haben, aber er war noch immer so durchschaubar wie an jenem Morgen, noch immer unfähig, sich selbst als ein anderer zu geben, und vermutlich auch gar nicht willens, irgendwelche Masken zu tragen.

Er betrauerte seinen Bruder nicht, dachte Trout, und warum hätte er auch um ihn trauern sollen? Nathan Adams schien ein Ungeheuer gewesen zu sein, das nur seine Mutter und eine leicht verrückte Sekretärin lieben konnten. Gerald ist sich keiner Schuld bewußt, und vermutlich bewundere ich ihn sogar dafür. Wenn die Umstände ein wenig anders gewesen wären – wenn es zum Beispiel keinen Augenzeugen und keinen Abschiedsbrief gegeben hätte –, dann hätten einige Leute, vermutlich auch ich und ganz bestimmt die Presse, versucht, ihn unter dem Vorwurf des Brudermords in Haft zu nehmen.

Trotz der Pünktlichkeit der Zeugen begann die Untersuchung verspätet. Trout vermutete, der Coroner des Countys habe sich noch eine Weile in der Herrentoilette um den Sitz seines Toupets bemüht, das ihm noch immer etwas schief wie ein Haarhut auf dem Kopf saß. Eitelkeit, dein Name ist Persönlichkeit des öffentlichen Lebens.

Nach einigen einleitenden Bemerkungen und der üblichen Erläuterung über den Zweck einer gerichtlichen Voruntersuchung – um die Todesart festzulegen und zu ermitteln, welche weiteren Schritte vom Gericht angeordnet werden – wurde Trout in den Zeugenstand gerufen.

Er berichtete über die Ereignisse jenes Vormittags, beantwortete die Fragen, die man ihm stellte, und trat dann vom Zeugenstand, um für die Experten den Platz zu räumen. Für die Reporter war es eine enttäuschende Angelegenheit: Es gab keine bis dahin unbekannten Fakten, keine einander widersprechenden Zeitangaben und auch keinen Hinweis auf den Verbleib des fehlenden Geldes. Das Ergebnis stand praktisch vor Beginn der Sitzung fest; nun hing alles an der Aussage von Eve Galatea. Man hoffte vor allem auf seiten der Presse, daß sie etwas von sich gab, was ein paar Zeilen füllen würde.

Trout hatte keine Gelegenheit gehabt, mit ihr zu sprechen, bevor die Untersuchung begann. Aber er fühlte sich irgendwie unangenehm berührt, als er sah, wie sich ein Schwarm von Reportern um sie scharte. Sobald er sie erblickt hatte, wanderte sein Blick unstet hin und her, bis er sich schließlich auf sie konzentrierte. Und in einer seltsam träumerischen Stimmung überlegte er sich, welches von den vielen Adjektiven, die im Zusammenhang mit ihr genannt worden waren, wohl am besten auf sie passen mochte. Es war nicht »schön« oder »atemberaubend« oder »strahlend« – nein, das alles erschien ihm zu plump und oberflächlich. Das Wort, das auf sie paßte, mußte wohl erst noch geschaffen werden.

Sie verhielt sich prächtig im Zeugenstand, wirkte keineswegs sensationell, sondern antwortete auf sämtliche Fragen nüchtern und gelassen, wobei eine leise Trauer ihre Stimme zu überschatten schien. Sie trug wieder ein Kostüm und einen Hut, wirkte jedoch wesentlich lässiger als die junge Frau, die in einem kurzen, ärmellosen Kleid neben Trout saß, mit nackten Beinen und Tennisschuhen an den Füßen. Trout, dem der Kragen inzwischen feucht am Hals klebte, dachte wieder über die merkwürdige Beziehung zwischen der Anpassung an klimatische Extreme und dem jährlichen Einkommen nach, während er den Blick nicht von Eve Galatea abwenden konnte.

Er erschrak ebenso wie alle anderen Anwesenden, als sie sich nach ihrer Aussage vom Stuhl erhob und eine Stimme hinter ihr kreischte: »Wie konnten Sie das nur tun?« Ein unmißverständlicher Laut, ein bekannter Tonfall, und als er sich umdrehte, sah er, daß Greta, die während ihres schwer verständlichen Zwischenrufs aufgesprungen war, mit noch offenem Mund ohnmächtig zu Boden sank, während die Worte noch in der stickigen Luft des Raumes hingen. Trout wandte sich wieder dem provisorischen Zeugenstand zu und stellte fest, daß Eve Galateas Augen die seinen suchten. Ihr Blick war ein einziges beunruhigtes Flehen.

Der Coroner zupfte geistesabwesend an seinem Toupet und vertagte die Sitzung um eine Stunde.

Auch gut, dachte Trout düster, dann haben wenigstens die Presseleute Zeit, eine Meldung an ihre Redaktionen durchzugeben.

In der einen Stunde geschah eine ganze Menge. Mrs. Hornsby-Adams' Arzt wurde gerufen und traf zu jedermanns Überraschung innerhalb von Minuten ein.

Trouts Zynismus im Hinblick auf die Medizin ließ ihn an die Bedeutung reicher Patienten und an hohe Rechnungen als Gegengewicht zur ärztlichen Loyalität und den hippokratischen Eid denken.

George Cox, dem medizinischen Sachverständigen, war es nicht gelungen, Greta wiederzubeleben, während es dem Arzt dann fast augenblicklich glückte. Vielleicht vor allem deshalb, weil er sich nicht zu sehr zierte, Greta ein Glas Wasser ins Gesicht zu schütten – vielleicht aber auch, weil Cox beim Begutachten von Dahingeschiedenen die Fähigkeit abhandengekommen war, seine Untersuchungsobjekte ins Leben zurückzuführen. Möglicherweise hätte ihm das auch nicht übermäßig viel Beifall eingebracht.

Trout beschäftigte sich in Gedanken mit einer modernen Version von Dr. Frankenstein, als Greta ihre Sprache wiederfand. Sie hatte sie allerdings noch nicht gänzlich wiedererlangt, stieß aber immerhin gurgelnde Laute aus. Jetzt beugte er sich näher zu ihr hin, und nach einer Minute stellte er fest, daß sie immer wieder ein und dasselbe Wort murmelte und daß dieses Wort »Gemeinheit« lautete. Man gab ihr irgendeine Injektion, vermutlich ein Beruhigungsmittel, da sie kurz danach innehielt mit dem Sprechen respektive Gurgeln und zurücksank in die Arme von Gerald Adams.

Nach einer kurzen Besprechung mit dem Coroner verließen Mutter und Sohn den Schauplatz, wobei letzterer zusätzlich mit Gretas vollem Gewicht beladen war. Trout erkannte die großen Vorteile, die in diesem Manöver lagen. Es diente einerseits dem Zweck, seine Sorge um die Angestellte zum Ausdruck zu bringen, und da andererseits ihr Auszug das Selbstverständnis einer medizinischen Notwendigkeit besaß, konnten sie den Saal praktisch ungehindert von neugierigen Reportern verlassen.

Blieben der Arzt und Trout, um dem Coroner, A.J. Henson, der seine Verärgerung kaum verbergen konnte, die nötigen Erläuterungen zu liefern. Trout zerquälte sich, um auf den Namen des Arztes zu kommen, als Henson bellte: »Nun, Doktor Cutter?« Erleichterung zeigte sich auf Trouts Gesicht, als er feststellte, daß er den Namen des Arztes nie zuvor gehört hatte. Cutter. Ein Name, der an eine Knochensäge erinnerte. Dabei fiel Trout der Name eines in Mississippi festgenommenen Mitglieds des Klu-Klux-Klans ein, der tatsächlich Lynch geheißen hatte.

»Ich habe Miss Bergstrom in den vergangenen Tagen wegen einer psychischen Schwäche behandelt, und zwar im Auftrag von Mrs. Adams, die ich schon seit vielen Jahren während ihres hiesigen Sommeraufenthalts ärztlich betreue.«

Trout wußte nicht, ob es Cutters Diktion war oder seine zugeknöpfte Förmlichkeit, die jedes Wort so klingen ließ, als lese er von einem vorbereiteten Manuskript ab. »Teilweise auf mein Anraten hin«, mischte sich Trout jetzt ein. »Auch einem Laien wie mir war klar, daß sie wegen des Selbstmords von Nathan Adams einem Nervenzusammenbruch nahe schien.«

»Kommen Sie zur Sache. Waren Nathan Adams und diese Miss – äh – Bergstrom ein Liebespaar?«

»Eine einseitige Angelegenheit. Sie liebte ihn, aber ihre Liebe wurde nicht erwidert.«

»Was hat sie dann mit dieser Galatea?«

Trout zuckte zusammen – ohne Grund, das stand fest. Aber er ärgerte sich darüber. »Vermutlich nichts. Sie hat nie etwas von ihr gehört, bis ich ihr den Namen nannte. Davon bin ich überzeugt.«

»Ich fühle mich in gewisser Weise verantwortlich dafür«, sagte der Arzt mit chirurgischer Präzision. »Ich kenne Greta Bergstrom seit etwa, sagen wir, sieben Jahren, und ich habe mir natürlich eine Meinung über sie gebildet. Sie ist intelligent und verständig, und es wundert mich eigentlich, daß sie so lange bei Mrs. Adams geblieben ist. Nicht, daß die Arbeit in diesem Haus unangenehm wäre oder daß es ihrem Verhältnis zu ihren Arbeitgebern an Herzlichkeit mangelte, aber es überraschte mich, daß sie sich mit der Stellung als Privatsekretärin zufriedengab. Dann erfuhr ich von ihrer Liebe zu Nathan Adams. Ich weiß nicht, ob darin der Grund für ihre Probleme zu suchen ist, oder ob irgendeine Fehlentwicklung erst zu dieser – nun ja, Besessenheit führte, aber es wäre wenig sinnvoll, darüber Spekulationen anzustellen. Ich bin kein Psychiater, nur ein einfacher Landarzt.«

Von wegen, dachte Trout und hatte noch immer den Eindruck, daß Cutter bemüht war, seine Worte so vorsichtig wie möglich auszuwählen. Trout drückte jetzt widerstrebende Bewunderung aus, und Cutter akzeptierte sie – beides geschah durch Kopfnicken.

»Dann lassen Sie hören, wieso Sie sich für diesen Ausbruch verantwortlich fühlen«, sagte der Coroner.

»Miss Bergstrom war eisern entschlossen, an dieser Voruntersuchung teilzunehmen. Mrs. Adams und ihrem Sohn gelang es nicht, sie davon abzubringen, daher zogen sie mich zu Rate. Ich glaube, ich habe Mrs. Adams davon überzeugt, daß die Endgültigkeit dieses gerichtlichen Prozesses für Miss Bergstrom eine Art Heilungsprozeß einleiten würde.« Hier hielt Cutter kurz inne, um den Eifer zu unterdrücken, der sich in seinen Worten angedeutet hatte. »Ich habe mich geirrt. Man hätte sie davon abhalten müssen. Aber für Ihre Zwecke reicht es wohl, wenn ich Ihnen erkläre, daß sie momentan nicht in der Lage ist, zu unterscheiden zwischen dem, was wirklich ist, und dem, was sie sich wünscht oder was sie befürchtet.«

»Was soll das heißen?« fragte Henson.

»Das soll heißen«, erwiderte Trout, »daß Greta mit Ausnahme dessen, was sie in den Zeitungen gelesen oder im Fernsehen gesehen hat, nichts über Eve Galatea weiß, geschweige, was Miss Galatea getan haben könnte. Sie wacht eifersüchtig über Adams guten Ruf, will ihn auch nach dem Tode schützen. Es ist natürlich völlig irrational – und außerdem ist die einstündige Unterbrechung gleich zu Ende.«

Henson warf Trout einen warnenden Blick zu, schien aber davon überzeugt zu sein, daß durch den Vorfall der Untersuchung keine neuen Dimensionen eröffnet worden waren. Er führte die Voruntersuchung fort und rief Dr. Cutter in den Zeugenstand, der darlegen sollte, daß Greta Bergstroms Vorwurf nicht mehr sei als ein unbegründeter Ausbruch, der einerseits von ihrem instabilen Gefühlszustand und andererseits von der herrschenden Hitze verursacht worden sei. Danach warnte der Coroner die anwesenden Journalisten und Reporter davor, aus dem hysterischen Anfall einer jungen Frau Schlagzeilen zu machen. Dann nahm die Untersuchung ihren üblichen Lauf und kam zu einem raschen Ende. Das Urteil der Beisitzer des Coroners lautete: Nathan Edmund Adams, dreiunddreißig Jahre alt, starb am 11. August aus freiem Willen und mit der bewiesenen Absicht, sich selbst das Leben zu nehmen.

Die einzige Überraschung, die Trout danach fühlte, war seine Enttäuschung darüber, daß nun alles zu Ende war. Eine ähnliche Enttäuschung hatte er schon mehrmals in der Vergangenheit empfunden – nämlich dann, wenn ein Fall, an dem er lange und schwer gearbeitet hatte, schließlich gelöst war und zu den Akten gelegt werden konnte. Vermutlich war es die Stimulation, die ihm nach einer solchen Anstrengung fehlte. Aber diesmal mußte er erkennen, daß die Stimulation nicht in einer besonderen Anstrengung gelegen hatte, sondern in der Person von Eve Galatea, und daß er das Ende der Untersuchung vermutlich in erster Linie deshalb bedauerte, weil er sie von nun an vermutlich nicht mehr sehen würde.

Er traf sie an der Tür des Saals und berührte sachte ihren Ellbogen. Sie drehte sich um und blickte ihn erwartungsvoll an. Trout lud sie zu einer Tasse Kaffee ein, und sie akzeptierte die Einladung. Er ließ die Hand auf ihrem Ellbogen und führte sie eineinhalb Blocks weit zu einem schummerig beleuchteten Lokal, wo es den besten Kaffee am Ort gab und außerdem die einzigen anständigen Sandwiches in der ganzen Gegend.

Unterwegs hatten sie kein Wort miteinander gesprochen, und nun saßen sie in einer Nische in der Nähe des Eingangs – Trouts Konzession an sein Schuldgefühl darüber, irgendwo außerhalb seines Büros in ihrer Nähe zu sein. Miss Galatea schwieg auch jetzt noch und schüttelte nur den Kopf, als die Kellnerin auftauchte, während Trout ihr die großartige Qualität des hier zubereiteten Corned Beefs schilderte. Er bestellte sich ein Sandwich; immerhin hatte er kein Frühstück gehabt, und wenn er sich mit Essen beschäftigte, würde das die Beiläufigkeit ihres Beisammenseins unterstreichen.

Sein Blick, der bis dahin unstet gewesen war, heftete sich jetzt auf ihr Gesicht. Ein schönes Gesicht. Und er merkte, daß sie ihn ebenfalls ansah. Das Stichwort, dachte er. Jetzt muß ich es bringen. Eine Geste, ein paar Worte.

»Können Sie mir den Senf reichen?«

Eve Galatea lachte, und die Spannung löste sich. Erleichterung überströmte Trout und verscheuchte die Anspannung seiner Magenmuskeln.

»Einen Augenblick lang hat es so ausgesehen, als ob die Sache doch noch spannend werden würde. Ich finde, es gab nur eines, was noch drückender empfunden wurde als die Hitze: die Möglichkeit, Greta Bergstrom könnte darangehen, düstere Geschichten aus Ihrer Vergangenheit auszukramen.«

»Sie halten es bestimmt nicht für übertrieben, wenn ich sage, daß das ein höchst unangenehmer Augenblick für mich war.«

»Aber Henson, der Coroner, hatte die Sache gut im Griff. Ich glaube nicht, daß Sie in irgendwelchen sensationellen Schlagzeilen auftauchen werden, es sei denn auf Seite acht in irgendeiner Hausfrauenzeitschrift.«

Sie schnitt eine Grimasse.

»Cutter hat die Anhörung dann in Ihrem Sinn weitergeführt. Ein Glück, daß er sich so rasch von seinem Schuldbewußtsein erholte – und daß er den Fall so gut überblickte, sonst wären Sie gezwungen gewesen, noch einmal im Zeugenstand zu erscheinen, sicher mit derselben Geschichte, aber nun mit einem eher feindseligen Publikum. Übrigens – die meisten Leute hassen einen so glatten, problemlosen Fall. In einer kleinen Gemeinde wie dieser fühlen sie sich irgendwie betrogen, wenn das Fest schneller zu Ende geht als erwartet; wissen Sie, bei uns gibt es nur selten Wandertheater.

Das Merkwürdige dabei ist, daß den Leuten gar nicht klar wird, wie sehr man einem Menschen allein durch Verdacht schaden kann. Namentlich wenn es um einen unausgesprochenen, nicht klar definierten Verdacht geht. Wenn alle Fakten auf eine einfache Lösung hindeuten und wenn man bei den Gerichtsversammlungen und in den Zeitungen keine dramatischen Alternativen anbieten kann, glauben die Leute, die Polizei hätte ihre Aufgabe nicht gut genug gelöst. Und der Grund dafür: Dummheit oder Korruption. Das gilt übrigens auch für die sogenannten Zentren unserer Zivilisation, die großen Städte. Wenn der Polizeibeamte nicht mindestens ein paar Kugeln abbekommt, was alle von seinem Fleiß und seiner Aufrichtigkeit überzeugt, dann hält man ihn entweder für dumm oder für bestechlich. Und außerdem für brutal, das hätte ich beinahe vergessen. Aber was wäre das für ein Staat, wenn die einzigen, die sich bereit finden, für den Schutz ihrer Mitmenschen zu sorgen, sadistische, geldgierige Dummköpfe wären, die . . .«

Sie hielt seine Finger fest bei seinem vierten Versuch, ein Streichholz anzuzünden. Ihre Hand blieb kurz auf der seinen liegen, dann nahm sie ihm das Streichholzbriefchen aus der Hand, zündete ein Streichholz an, hielt es an seine Zigarette – und wartete.

Er hatte sich einigermaßen beruhigt. »Sehen Sie, gerade wollte ich sagen: ›Ich weiß nicht, was in mich gefahren ist‹, und Sie schauten mich an, als dächten Sie: ›Er ist nicht bei Sinnen.‹« Trout schüttelte den Kopf. »Wissen Sie, ich spreche nicht oft darüber, aber ich fühle es dennoch deutlich. Es gibt eine Menge Priester, denen ich am liebsten sagen würde, sie sollen zur Hölle fahren; viele Ärzte verstehen ihr Handwerk so schlecht, daß man ihnen nur wünschen kann, sie mögen sich selbst mit all ihrer Unfähigkeit behandeln; wenn unsere Juristen besser wären, würde sich die Zahl der kriminellen Delikte auf die Hälfte vermindern – aber ich kenne ziemlich viele Polizeibeamte, mit denen ich mich ohne Bedenken mal einen Abend besaufen würde.«

»Wie kommen Sie plötzlich darauf? Doch bestimmt nicht durch den Fall Adams.«

Er dachte eine Weile darüber nach. »Ich glaube fast, ich fühle mich in Ihrer Gegenwart dazu genötigt, Ihnen einen Grund für meine nun doch etwas ausgefallene Berufswahl zu nennen.« Das sagte er ganz einfach, ohne sich in irgendeiner Weise entschuldigen oder herausreden zu wollen.

»Ach, wirke ich so auf Sie?«

»Es hängt, glaube ich, weniger mit Ihnen als mit mir zusammen. Ich vermute – und es ist nicht mehr als eine Vermutung –, daß ich, wenn ich die Polizei verteidige, eigentlich versuche, mir einzureden, daß mein Beruf ebenso interessant ist wie jeder andere und besser als, sagen wir, der Präsident einer Maklerfirma, der einen Teil des Firmenvermögens verschwinden läßt und dann im Ozean endet.«

»Weil wir gerade vom Ozean sprechen – natürlich fischen Sie nach Komplimenten. Und ich fürchte, ich bin nicht hier, um Sie damit zu überhäufen – andererseits möchte ich Ihnen meine Dankbarkeit ausdrücken.«

»Das freut mich.«

»Sie haben den Arzt und den Coroner gelobt, weil sie nicht zugelassen haben, daß aus dem Ausbruch dieser jungen Frau so etwas wie ein Skandal entstehen konnte, mit mir als geheimnisvoller Unbekannten im Mittelpunkt. Ich bin sicher, daß Sie selbst dazu ein gut Teil beigetragen haben.«

»Eigentlich nicht.«

»Sie sind wirklich unmöglich. Vor einer Minute fürchtete ich, alles, was ich sage, würde von Ihnen als Tadel ausgelegt werden. Also schön – ich bitte Sie, meinen Dank anzunehmen. Es fällt mir in der Regel nicht leicht, das zu sagen.«

Danach herrschte wieder eine Weile drückendes Schweigen. Schließlich sagte Trout tonlos: »Ich nehme an, Sie fahren jetzt zurück nach Boston.«

»Noch nicht. In ein paar Tagen vielleicht.«

»Ach?«

»Wenn ich schon mal hier bin, kann ich auch noch ein bißchen zeichnen. Das ist nämlich der Hauptgrund für meine Reise.« Der Blick, mit dem sie ihn bedachte, sagte deutlich genug, daß das keineswegs der Grund für ihren verlängerten Aufenthalt war.

Trout bezahlte die Rechnung. »Dann brauche ich mich ja noch nicht für immer von Ihnen zu verabschieden.«

Beim Abendessen erfreute Trout seine Familie mit Einzelheiten über die Voruntersuchung. Er spielte die Hauptrollen, wobei es ihm recht gut gelang, Dr. Cutter zu imitieren, und seine Darstellung von Henson, dem eitlen Toupetträger, erntete spontanen Applaus.

Enid schien seine Ein-Mann-Show ebenso zu genießen wie die Mädchen, und als er ihr danach berichtete, daß er nach der Sitzung noch mit Eve Galatea auf ein Sandwich in das kleine Lokal gegangen war, schien sie kaum darauf zu achten. Er brachte es allerdings nicht fertig, zu gestehen, daß dieser Lokalbesuch auf seinen Vorschlag hin erfolgt war. Und zugleich redete er sich ein, daß er nichts verschwieg, weil es im Grunde gar nichts zum Verschweigen gegeben hatte.

Danach trug Enid zur allgemeinen Erheiterung bei, als sie berichtete, wie sie bei einem Farmer im Landinneren einen Shaker-Tisch erworben hatte. Sie hatte mit dem Mann fast drei

Stunden lang gehandelt, bis sie ihn dazu brachte, ihr den Tisch zu einem einigermaßen gerechtfertigten Preis zu überlassen. Es war das, was man als einen idyllischen Abend mit der Familie bezeichnet. Die älteste Tochter brachte ihre jüngeren Schwestern dazu, daß sie den Tisch abräumten, während sie Puffmais herstellte und alle mit Limonade bediente.

Nachdem das Geschirr gespült, abgetrocknet und aufgeräumt war, setzten sich Trout und die Mädchen zu Enid hinaus auf die Veranda. Die Hitze hatte nachgelassen; die Sommernacht in Maine war so kühl wie ein Herbstabend im Mittelwesten.

Nach einer Weile lenkte Trout die Aufmerksamkeit der anderen auf die neunjährige Francie, das jüngste seiner Kinder, die in ihrem Rohrsessel eingeschlafen war. Bei ihrem friedlichen Anblick beschlossen auch die anderen, den Tag zu beenden.

Trout hob die kleine Francie aus ihrem Sessel, blieb noch ein paar Sekunden lang auf der Veranda, küßte Enid auf beide Wangen und ging dann hinein ins Haus. Er trug das schlafende Kind hinauf ins Kinderzimmer und legte es aufs Bett. Sachte zog er der Kleinen die Schuhe aus, hakte den Ledergürtel auf und streifte ihr dann die Jeans von den Beinen. Nachdem er sie ganz ausgezogen hatte, deckte er sie zu, ging zur Tür, blieb stehen, kehrte noch einmal um und küßte Francie leicht auf die Stirn.

Als er wieder unten war, überlegte er, ob er es sich nicht mit Enid wieder auf der Veranda gemütlich machen und auf den Sonnenaufgang warten sollte. Er summte vor sich hin, als er hinauskam, aber die Veranda war leer.

Er schaute in der Küche nach und in der kleinen Bibliothek neben dem Wohnzimmer. Keine Spur von Enid. Als er das Schlafzimmer betrat, sah er ihr Kleid, nicht aufgehängt oder sorgfältig über einen Stuhl gebreitet, wie gewöhnlich, sondern achtlos auf der Frisierkommode liegen. Enid lag bereits im Bett und tat so, als ob sie schlafe.

Trouts Wohlgefühl wich plötzlich, sogar seine Lippen und sein Mund wurden trocken. Er legte sich neben Enid und tat die ganze Nacht kein Auge zu.

Als er am nächsten Morgen an seinem Schreibtisch saß, sah Trout so aus und fühlte sich auch so, als hätte er einen Riesenkater. Mit den Fingern tastete er nach den Schläfen, als wollte er sich versichern, daß noch alles intakt war. Halbherzig überwachte er die Aufräumungsarbeiten nach der Abreise der verschiedenen Personen, die sich für den Fall Nathan Adams interessiert hatten. Agronski und Homer schafften das recht gut ohne seine Anweisungen, und er wollte eigentlich gar nicht auf der Polizeistation sein, aber noch mehr hatte es ihn getrieben, sein Heim zu verlassen.

Es war ihm bewußt, daß er schmollte, aber er fühlte sich dabei völlig im Recht. Enid hatte seit dem Aufstehen kein einziges Wort mit ihm gesprochen, und das war seit den ersten Jahren ihrer Ehe nicht mehr vorgekommen. Als er sie schließlich fragte, ob etwas nicht in Ordnung sei, hatte sie ihn nur lange und scharf angeschaut, beleidigt getan und war dann in die Küche verschwunden, wobei sie sich durch das Lärmen mit den Kindern vor der übrigen Welt und vor allem vor ihm verschloß.

Er war wütend auf sie, weil sie sein Schuldgefühl geweckt hatte, wo er sich doch so sicher gewesen war, daß es nichts gab, was er sich hatte zuschulden kommen lassen. Dennoch wußte er ganz genau, warum sie sich hinter einen Vorhang des Schweigens zurückgezogen hatte. Sie fühlte, daß er im Grunde genau das gleiche getan hatte.

Er hatte Jahre gebraucht, um zu begreifen, daß es für Enid nur eine einzige unverzeihliche Sünde gab, nämlich, wenn er ihr etwas verschwieg. Jede andere Verfehlung, mochte sie groß oder klein sein, betrachtete sie wohlwollend im Licht der besonderen Umstände, aber sie forderte dafür völlige Aufrichtigkeit, ja, Selbstoffenbarung – etwas, woran sich Trout nur mit Mühe gewöhnen konnte. Nach ihrer Heirat hatte Enid erwartet, daß er seine Geheimnisse wie Trophäen vor ihr ausbreitete. Das Warten darauf war allein schon ein schweigender Tadel. Aber nach und nach war es ihm gelungen, sie an seinen Gedankengängen teilnehmen zu lassen, und mittlerweile genoß er es gelegentlich sogar, Enid bei allen Problemen zur Mitwisserin zu haben.

Trout war davon überzeugt, daß er sie nicht im klassischen Sinn des Wortes hintergangen hatte; dennoch fühlte sie sich so, weil sie merkte, daß seine Gefühle gegenüber Eve Galatea längst die Schwelle zum Privaten und Geheimen überschritten hatten.

Er war mitten in einer bitteren Betrachtung darüber, daß es Enid wahrscheinlich lieber gewesen wäre, wenn er sich verführen lassen und es ihr dann gestanden hätte, als das Telefon klingelte. Trout gab Agronski ein Zeichen, das Gespräch im Vorraum entgegenzunehmen und spielte mit einem Streichholzbriefchen und dem Gedanken, Eve Galatea anzurufen, als Agronski hereinkam in sein Büro.

»Auf Miss Galatea ist geschossen worden.«

»Mein Gott!« zischte Trout, während er sich hochstieß. Einen Augenblick lang sah er ein Krankenzimmer vor sich, sah ihren Kopf in den Kissen, ihr schwaches, noch immer spöttisches Lächeln. »Wo ist sie? Ist es ernst?« stieß er hervor, und seine Empfindung ließ die Stimme rauh klingen.

»Es tut mir leid – aber sie ist tot, Sir.«

Trout starrte an Agronski vorbei, ohne zu blinzeln.

»Es wäre vielleicht besser, Sir, wenn ich allein in das Motel fahre, wo sie gewohnt hat, um die Fotos und die Fingerabdrücke zu nehmen und alles andere. Sie könnten solange hierbleiben, den medizinischen Sachverständigen informieren und, nun ja . . .«

Das übliche, dachte Trout, als er zurückkehrte auf diese Erde. »Nein. Homer kann inzwischen telefonieren. Wir gehen zusammen.«

Es gab nicht viel zu sehen, außer daß Eve Galateas Leichnam quer über dem Bett lag wie eine sorglos hingeschleuderte Puppe. Schon an der Lage glaubte Trout zu erkennen, daß sie wirklich tot war. Er riß sich mühsam von dem Anblick los und betrachtete mit erzwungener Aufmerksamkeit alles andere, was sich im Raum befand.

Der Revolver lag neben der Tür auf dem Boden. Eine hübsche, kleine Waffe. Sie sah eher wie ein Schmuckstück aus.

Agronski äußerte die Vermutung, daß es sich um die Waffe einer Frau handeln müsse. Trout knurrte: »Schon möglich«, und setzte sich dann hölzern auf einen Stuhl neben dem Bett, den Kopf abgewandt, während Agronski alle glatten Flächen mit Talkum bepinselte, um eventuelle Fingerabdrücke zu entdecken.

Der Revolver war nach Benützung blankpoliert worden, ebenso die Türknöpfe außen und innen an der Schlafzimmertür.

»Abgesehen von der Waffe war diese Mühe unseres Mörders wahrscheinlich völlig überflüssig«, seufzte Agronski. »Das ist das Dumme bei gemieteten Zimmern: Überall findet man Fingerabdrücke über Fingerabdrücke. Ich habe zwei Sätze identischer Abdrücke am Aktenköfferchen und an den Flaschen mit Kosmetika gefunden, aber sie sind offenbar dem Opfer zuzuschreiben.«

»Bleiben Sie trotzdem dran«, fuhr ihn Trout an, während er aufstand und zu dem Aktenköfferchen hinging. Das interessierte ihn. Er hatte plötzlich das Gefühl, daß dieses Köfferchen vieles, wenn nicht alles erklären würde. Es paßt so gar nicht zu ihr, dachte er. Mit ungelenken Fingern fummelte er an den Verschlüssen herum. Als er den Koffer geöffnet hatte, stellte er mit Enttäuschung fest, daß er Farbtuben, Pinsel, ein Palettenmesser und mehrere farbbeschmierte Lappen enthielt. Er schloß den Koffer rasch und ging dann zum Hauptgebäude des Motels, wo er die Besitzer über die Ereignisse der vergangenen Nacht befragte.

Es war ein Motel, wie es in dieser Gegend am Ozean oft zu finden war: mehrere kleine Häuschen, die im Halbkreis um das Hauptgebäude angeordnet waren. Trout kannte das Ehepaar, das das Motel führte und besaß: Norman und Alice Collier. Sie waren mit Enid gut befreundet. Norman und Enid hatten als Kinder miteinander gespielt und glückliche Tage verbracht.

Alice behauptete, Enid sei ihre beste Freundin. Und Trout wußte, daß das eine Schutzbehauptung war, weil sie auf diese Weise Norman davor abhalten wollte, Enid mehr Gefälligkeiten zu erweisen, als ihr lieb war. Enid fand das ein wenig übertrieben, aber man konnte auch nicht gerade behaupten, daß sie den

Colliers aus dem Weg ging. Und Trout selbst fühlte sich nicht gerade überglücklich in der Gesellschaft von Norman und Alice; er war davon überzeugt, daß es Enid nicht viel anders ging als ihm, obwohl sie das natürlich nie zugeben würde, nicht einmal vor sich selbst. Sie pflegte so etwas wie eine unheilige Verehrung dessen, was ihre Vergangenheit bestimmt hatte, und Norman und Alice Collier gehörten da nun einmal dazu.

Alice wartete schon auf ihn. Sie hielt ihm die Glastür auf; er ging wortlos an ihr vorbei und setzte sich zu Norman an den Tisch, während Alice ihm eine Tasse Kaffee einschenkte.

»Hast du schon irgendwelche Vermutungen?« fragte Norman.

»Genau das wollte ich dich gerade fragen.«

»Es ist schrecklich«, sagte Alice, und dabei überlief sie ein Zittern, als ob sie fröstelte. »Therese, das junge Mädchen, das wir den Sommer über eingestellt haben, damit sie uns beim Zimmermachen hilft, hat sie heute morgen gefunden, als sie die Tür aufsperrte. Therese hatte angeklopft, aber als sich drinnen nichts rührte . . .« Alices Stimme erstarb.

Trout wandte sich wieder an Norman. »Hatte sie gestern abend oder heute nacht Besuch?«

»Du weißt ja, die Einheiten sind relativ weit vom Hauptgebäude entfernt. Und wenn wir voll besetzt sind wie momentan, achten wir nicht auf das Kommen und Gehen der Wagen.«

Alice kam näher; ihre Augen wirkten heißer und schwärzer als der Kaffee in der Tasse. »Es erscheint mir unwahrscheinlich, daß sie einen nächtlichen Besucher gehabt haben soll. Nach dem, was ich gehört habe, bist du weit und breit ihr einziger Freund.«

Trout fragte sich, ob Enid bei Alice ihr Herz ausgeschüttet hatte oder ob Alice ihn vielleicht in dem Lokal mit Eve Galatea beobachtet hatte. In ihrer Stimme war ein deutlicher Vorwurf zu erkennen, und das machte ihn wütender. Verdammtes Kaff, dachte er.

Norman brachte Alice mit einem Blick zum Schweigen und wandte sich dann wieder Trout zu. Er war ganz der freundliche Klassen- und Sportskamerad, der für die schwierige Lage des anderen vollstes Verständnis aufbrachte. Trout fand das noch unangenehmer als die Reaktion von Alice.

»Habt ihr den Schuß gehört oder irgendein unerklärbares Geräusch, das ihr für die Fehlzündung eines Wagens gehalten habt?«

»Nein, uns ist nichts aufgefallen. Wir sind so dicht an der Küstenstraße, daß wir an alle möglichen Geräusche gewohnt sind, zumindest während der Sommersaison. Selbst bei Nacht ist die Straße hier ziemlich stark befahren. Und außerdem ist das Häuschen weit genug von uns und von den anderen Einheiten entfernt, so daß es durchaus möglich ist, daß der Schuß von niemandem bemerkt wurde.«

»Da ist allerdings eine Sache«, sagte Alice steif, was erkennen ließ, wie ungern sie darüber ausgerechnet mit Trout sprach.

Sie gehört auch zu denen, die am liebsten meine Beichte anhören, mir dann verzeihen und anraten würden, diese und ähnliche Sünden nie wieder zu begehen, dachte Trout düster. »Ja, was?« Er wartete.

»Der Revolver auf dem Boden im Schlafzimmer. Er gehörte Miss Galatea.«

»Woher weißt du das?« Trout vermutete allmählich, daß es nichts gab, was Alice nicht wußte.

»Vor ein paar Tagen hatten wir Therese den Auftrag gegeben, in allen Einheiten nachzusehen, ob noch genügend Briefpapier vom Motel vorrätig sei, und dabei hat sie den Revolver in der Schreibtischschublade im Wohnraum entdeckt. Sie schnüffelt nicht herum, aber sie war doch der Ansicht, daß sie mir das sagen mußte.«

»Davon hast du mir bis jetzt keinen Ton verraten«, fuhr Norman sie fast wütend an.

»Ich hatte gedacht, das geht uns nichts an«, erwiderte sie keineswegs schuldbewußt.

Großartig, dachte Trout. Sie scheint zumindest noch zu wissen, daß sie nicht in alles ihre Nase hineinstecken sollte. »Großartig«, sagte er dann laut.

Der medizinische Sachverständige bestimmte die Todeszeit zwischen ein und zwei Uhr morgens. Trout fühlte Erleichterung. Zu dieser Zeit lagen Enid und er im Bett, nebeneinander, sorgsam darum bemüht, sich nicht zu berühren, und auf die jeweils entgegengesetzte Wand starrend. Zumindest er hatte auf diese Weise ein gutes Alibi. So, wie man ihn von allen Seiten betrachtete – mit einer Mischung aus Mitgefühl und Argwohn –, war er für das Alibi ebenso dankbar wie für die ihm momentan nicht sonderlich zugeneigte Alibizeugin.

Keine Frage, es handelte sich um Mord. George Cox hatte festgestellt, daß Eve Galatea aus einer Entfernung von ungefähr eineinhalb Metern erschossen worden war. Keine Anzeichen für einen Kampf und nichts gestohlen, wie es schien. Der Schmuck, die Geldbörse, die Kreditkarten, die Geldscheine in der Brieftasche – alles unberührt. Der Mörder war offensichtlich von Eve Galatea selbst eingelassen worden, oder er – oder sie – hatte einen Schlüssel gehabt. Aber das war nicht sehr wahrscheinlich.

Und sie war mit ihrem eigenen Revolver getötet worden, von dessen Existenz und Versteck vermutlich nur Therese, Alice und Eve Galatea selbst wußten. Trout empfand grimmiges Vergnügen angesichts des Gedankens, Alice könnte die Mörderin gewesen sein; immerhin hatte sie mit ihrem Zentralschlüssel Zugang zu der Moteleinheit, wußte nach eigener Aussage, daß und wo es den Revolver gab, und ihr Motiv wäre die Rache für eine betrogene Freundin gewesen. Alice wäre vielleicht durchaus in der Lage gewesen, mich umzubringen, dachte Trout, aber nicht Eve. Ich muß wohl doch einen etwas weniger dramatischen Weg finden, um die Colliers aus meinem Freundeskreis zu vertreiben.

Trout konzentrierte sich jetzt darauf, diesen Fall als eine Mordsache wie jede andere zu betrachten. Er bemühte sich, Eve Galatea nur als Opfer, als Leichnam, zu sehen. Natürlich kam es ihm sehr darauf an herauszufinden, wer sie ermordet hatte, aber er sagte sich, daß das sein Beruf sei und nicht sein persönliches Engagement.

Dabei fiel ihm auf, daß seine Objektivität doch ein wenig seltsam war, aber er schob den Gedanken rasch beiseite.

Agronski war ungewöhnlich pessimistisch, was die Wahrscheinlichkeit der Entdeckung des Täters betraf. Wie er sagte, handelte es sich um eine Waffe, die dem Opfer gehörte, und es gab keine Zeugen, ja nicht einmal ein auch noch so vages Verdachtsmoment, das irgendeine andere Person mit Eve Galatea in Verbindung gebracht hätte. Das Motiv der Bereicherung konnte ausgeschlossen werden – nichts war gestohlen worden, und Agronski hatte inzwischen auch schon ermittelt, daß das Vermögen von Miss Galatea an ein kleines, aber feines Kunstmuseum in New York gehen sollte.

Agronski war die Aufgabe zugewiesen worden, Therese, das Zimmermädchen im Collier-Motel, zu verhören, obwohl sich Homer sehr bemüht hatte, seinem Kollegen diesen Teil der Arbeit abzunehmen. Wie Trout wußte, hatte Therese im Jahr zuvor den Titel der »Miss Kartoffel des Staates Maine« gewonnen, und Homer war seitdem von dem kaum stillbaren Verlangen erfüllt, in diese Kartoffel zu beißen. Agronski dagegen zeigte sich in keiner Weise beeindruckt von ihrem Charme und berichtete nüchtern, daß sie keine weiteren Informationen mitzuteilen hatte.

Zögernd stand Trout von seinem Schreibtisch auf und kündigte an, daß man ihm im Haus Hornsby erreichen könne. Er wollte Greta Bergstrom verhören. Immerhin gab es niemand anderen mit einem brauchbaren Motiv; daher wollte er mit ihr reden, bevor die Angelegenheit publik geworden war.

Trout fuhr über die Küstenstraße und war so in Gedanken vertieft, daß er beinahe an der Einfahrt zu der herrschaftlichen Sommervilla vorbeigefahren wäre. Jetzt bog er in die Privatstraße ein und bewunderte wieder einmal den prächtig angelegten Park. Besonders die Taglilien, die entlang der Auffahrt blühten, hatten es ihm diesmal angetan.

Mrs. Adams kam selbst an die Tür. Sie schien befremdet zu sein über sein Auftauchen.

»Ich nehme an, Greta ist noch nicht auf und hat ihre Pflichten noch nicht wieder übernehmen können?«

»Es geht ihr schon wesentlich besser. Sie ist vielleicht noch etwas in Gedanken vertieft, aber ruhig und gefaßt. Sind Sie hier, um sich nach Gretas Befinden zu erkundigen?«

Trout fühlte, wie ihn die alte Dame musterte. »Teils, teils. Ich muß mit ihr sprechen.«

»Ausgerechnet heute? Ist das wirklich nötig?«

»Ja, bedauerlicherweise.«

»Ich fürchte, das kann ich nicht zulassen. Es geht ihr zwar besser, aber ich nehme an, Ihr Anblick dürfte für sie noch ziemlich – sagen wir – beunruhigend sein. Ich muß mich um ihre Genesung kümmern, und angesichts der gestrigen Voruntersuchung erscheint mir Ihr Wunsch einerseits überflüssig und andererseits unpassend.«

»Eve Galatea wurde in den frühen Morgenstunden ermordet.«

»Wie schrecklich!« Sie war etwa so erschüttert, als hätte sie von einem Erdbeben in Asien oder von einem Flugzeugabsturz gehört, bei dem ihr unbekannte Menschen ums Leben gekommen waren. Ihre derzeitige Sorge galt dem Schutz der jungen Frau, die in einem der oberen Räume des Hauses lag und mit der Realität kämpfte. »Sie nehmen doch wohl nicht an, daß Greta dafür in Frage kommt«, sagte sie und übersprang damit einige unnötige Dialogstellen.

»Ich weiß es nicht«, sagte Trout einfach, »aber ich muß es herausfinden. Sie sehen doch ein, nicht wahr, nach ihrer Szene bei der Voruntersuchung wäre das eine durchaus naheliegende Folgerung. Ich muß ihr ein paar Fragen stellen. Und ich finde, es ist besser, wenn ich sie hier befrage als in meinem Büro. Sicher, Sie können mir den Zutritt zu ihr verweigern. Und sie kann sich weigern, meine Fragen zu beantworten. Aber dann wird mir nichts übrigbleiben, als sie abholen zu lassen. Und ich bezweifle, daß das besser wäre für sie.«

»Mr. Trout, Sie sind mir sympathisch, schon seit dem Tag, als wir uns zum ersten Mal begegnet sind. Aber ich habe Sie von Eve Galatea sprechen hören, und ich habe beobachtet, mit welchen Augen Sie sie gestern in dem Saal angeschaut haben«, sagte sie schlau. »Ich glaube, keiner von uns wäre unter diesen Umständen in der Lage, unparteiisch zu handeln. Welche Sicherheit geben Sie mir, daß Sie Greta schonen?«

»Ich glaube, ich kann Ihnen keine Sicherheit bieten.«

»Also schön.« Sie seufzte. »Sie sind vermutlich einer der wenigen aufrichtigen Männer, die ich kennengelernt habe. Ich fürchte, ich werde mich darauf verlassen müssen.«

»Wenn Greta es getan hat«, sagte er leise, »dann ist es besser für alle Beteiligten, wenn wir es herausfinden. Sie könnte möglicherweise eine sehr gefährliche junge Frau sein.«

Mrs. Adams hatte für Trout sämtliche Vorfälle ihres gesamten Haushalts am vergangenen Tag rekonstruiert, so gut sie sich daran erinnerte. Cutter war unmittelbar nach der Sitzung ins Haus gekommen, um nach Gretas Befinden zu sehen. Danach war er in seine Praxis zurückgekehrt. Nach seinem letzten Patienten war er noch einmal ins Haus der Hornsbys gefahren, und dort hatte man ihn zum Abendessen eingeladen. Die Tageshilfe hatte das Haus nach dem Abendessen verlassen. Greta war in ihrem Zimmer geblieben, lag die meiste Zeit im Bett. Mrs. Adams hatte Gerald vorgeschlagen, er sollte nach ihr sehen und ihr möglicherweise ein Tablett mit einem kleinen Imbiß nach oben bringen, als sie von oben ein dumpfes Geräusch hörten, dem eine unheimliche Stille folgte. Adams und Cutter hatten daraufhin versucht, gleichzeitig nach oben zu rennen, wobei sie wie die Polizisten in einem Slapstick-Film übereinanderpurzelten und sich gegenseitig behinderten. Als sie dann Gretas Zimmer betraten, lag das Mädchen auf dem Boden, eine Maniküreschere neben sich und am linken Handgelenk blutend.

Glücklicherweise war sie ohnmächtig geworden – Trout hatte bis dahin geglaubt, so etwas gebe es nur im Kino, in Horrorfilmen über eine Unschuld in Bedrängnis, aber Greta war es nun schon zweimal an einem Tag passiert! –, ehe sie die Schlagader erreicht hatte. Cutter hatte ihr daraufhin die Wunde verpflastert und sich entschlossen, für alle Fälle die Nacht in einem der Gästezimmer zu verbringen.

Als Greta zu sich kam, war sie erstaunlich ruhig und außerdem dankbar dafür, daß ihr Selbstmordversuch erfolglos geblieben war. Sie entschuldigte sich bei allen Anwesenden, gab aber keinerlei Erklärungen für ihre Tat. Cutter war offenbar sicher, daß keine Wiederholung zu befürchten war, und ging zu Bett.

Erschöpft und müde legte sich Mrs. Adams ebenfalls schlafen und ließ Gerald an Gretas Bett, der sich mit ihr still und ernst unterhielt.

Mrs. Adams nahm an, daß es gegen Mitternacht gewesen sein mußte, als sie hörte, wie die Tür zu Geralds Schlafzimmer geschlossen wurde. Sie stand noch einmal auf, um nach Greta zu sehen, die ruhig schlief, und kehrte dann in ihr Zimmer zurück, wo sie bald darauf eingeschlafen war. Was zwischen dann und sechs Uhr morgens geschah, dem Zeitpunkt, zu dem sie wie üblich erwachte, konnte sie nicht sagen.

Greta schlief noch immer und kam auch nicht zum Frühstück, das wie immer um halb acht serviert wurde. Nach dem Frühstück schloß sich Gerald in die Bibliothek ein; Dr. Cutter schaute noch einmal nach Greta und verließ dann das Haus, um in seine Praxis zu fahren, nicht ohne zuvor versprochen zu haben, daß er am Nachmittag zurückkommen werde.

Mrs. Adams schloß ihren Monolog mit der Bemerkung: »Es ist höchst unwahrscheinlich, nicht wahr, daß Greta in ihrem Zustand aufgestanden und sich aus dem Haus geschlichen hat, um Eve Galatea zu ermorden.«

Trout warf einen Blick auf die vornehm gelassene Gestalt vor sich und schüttelte den Kopf. »Ich will dazu nur eines sagen: Im Hinblick auf Miss Bergstrom kann man immer mit dem Unwahrscheinlichsten rechnen.«

Mrs. Adams verlegte sich daraufhin auf einen bis dahin unbekannten Ton von Hochnäsigkeit. »Vielleicht habe ich Sie doch falsch beurteilt, Mr. Trout. Sie scheinen nun einmal von dem Gedanken besessen zu sein, daß die arme Greta eine Mörderin ist.«

»Ich glaube, Greta wäre unter den gegebenen Umständen ziemlich skrupellos, aber die Details und vor allem der Zeitablauf machte sie als Kandidatin unwahrscheinlich. – Aber ich möchte noch mit Ihrem Sohn und mit Doktor Cutter sprechen, sobald er zurückkommt.«

»Selbstverständlich. Darf ich dabei sein, wenn Sie Greta verhören?«

»Ich bin überzeugt, das macht die Sache leichter für sie. Und ich verspreche Ihnen, daß ich meinen Gummiknüppel in der Manteltasche steckenlasse.«

»Greta, Liebes, Mr. Trout ist hier. Er möchte mit Ihnen sprechen.«

»Sie brauchen mich nicht wie ein kleines Kind zu behandeln, Mrs. Adams«, sagte sie und zog sich hoch. »Es ist also wieder etwas geschehen«, folgerte sie dann und schaute von einem zum anderen. »Sie können es mir ruhig sagen. Ich werde nicht schreien und auch nicht ohnmächtig werden. Das verspreche ich Ihnen.«

»Eve Galatea wurde in den frühen Morgenstunden ermordet«, erklärte Trout.

Greta blickte Mrs. Adams an, und ihre Augen blieben auf die alte Dame gerichtet, während sich eine Folge widerstrebender Gefühle in ihren Zügen ausdrückte. Sie schien unter den verschiedenen Reaktionen auszuwählen, und was sie zuletzt zeigte, war ein Ausdruck von seltsam düsterem Trotz.

»Was geht das mich an?« Ihre Stimme war sehr dünn und brüchig.

Mrs. Adams war entsetzt. »Greta«, sagte sie sanft, »Sie müssen verstehen, daß nach der Voruntersuchung viele Leute zumindest den Eindruck haben, es müßte Sie sehr wohl etwas angehen.«

»Sie glauben also, daß ich es getan habe«, erwiderte sie, während sie sich an Trout wandte. »Das ist Ihr Problem, wie man so sagt. Da ich es nicht getan habe, werden Sie mir die Tat vermutlich auch nicht nachweisen können.«

»Es ist nicht meine Aufgabe, zu beweisen, daß Sie es getan haben; ich muß herausfinden, wer es getan hat. Und es erscheint nur logisch, daß ich mit meinen Nachforschungen bei Ihnen beginne. Sie wissen etwas über Eve Galatea, was ich nicht weiß, und ich bitte Sie darum, daß Sie es mir sagen.«

»Sie täuschen sich.«

»Bei der Verhandlung –«

»Völliger Unsinn. Ein Ausbruch von – ja, von Verfolgungswahn, wenn Sie so wollen. Ich fühlte mich nicht wohl.« Sie sprach so neutral, als beschreibe sie eine andere, nicht anwesende Person.

»Und danach?«

»Was meinen Sie damit?« fragte sie, plötzlich auf der Hut.

»In Ihrem Zustand des nur halb Bewußten haben Sie das Wort ›Gemeinheit‹ mehrfach wiederholt.«

»Gestern ist mir die ganze Welt gemein vorgekommen. Es gibt solche Tage im Leben eines jeden Menschen, Sheriff.«

»Sie hatten offenbar auch noch einen schwierigen Abend«, erinnerte sie Trout und starrte dabei nachdrücklich auf ihren verpflasterten Arm.

»Ach, das«, sagte sie geringschätzig. »Das sollte Sie davon überzeugen, daß es lächerlich wäre, wenn Sie irgend etwas, was ich gestern sagte, für voll nehmen würden. Ich war ziemlich offensichtlich nicht ganz bei Trost. Ich bin davon überzeugt, Doktor Cutter kann Ihnen die medizinischen Begriffe nennen, die auf mein Verhalten zutreffen. Aber es war ein vorübergehender Zustand, und da ich mich inzwischen weitgehend erholt habe, sollten Sie jetzt nicht mehr versuchen, irgend etwas aus diesem – diesem Unsinn herauszulesen.«

»Können Sie die Ereignisse des gestrigen Tages, wie sie Ihnen erschienen, noch einmal schildern?«

»Muß ich das?« fragte sie müde.

»Es würde uns helfen.«

»Ich erinnere mich, wie ich im Gerichtssaal gesessen habe und das Gefühl hatte, als müßte ich ersticken. Ich konnte kaum atmen und nahm an, daß ich in den nächsten Minuten sterben würde. Das muß zu dem Zeitpunkt gewesen sein, als ich den Ausruf machte. Danach wird es schwieriger. Ich erinnere mich, daß ich aufwachte, hier in meinem Bett, und geradezu wütend war, weil ich noch lebte. Daher entschloß ich mich, meinem Leben auf andere Weise ein Ende zu bereiten, erfolglos, wie ich heute glücklich sagen kann. Ich weiß nicht, wann ich zu mir gekommen bin, aber ich stellte fest, daß alle um mich herumstanden. Sie blieben einige Zeit bei mir, bis sie, wie ich vermute, davon überzeugt waren, daß ich keine ›Dummheiten‹ mehr machen würde. Dann verließen Doktor Cutter und Mrs. Adams mein Zimmer. Mr. Adams blieb noch eine Weile und unterhielt sich mit mir. Er saß noch an meinem Bett, als ich einschlief. Dann bin ich aufgewacht – heute morgen um halb elf. Das ist alles. Nun wissen Sie ebensoviel wie ich.«

Trout bezweifelte das.

»Rosebud«, sagte sie und stieß ein trockenes Lachen aus.

»Wie bitte?«

»Sie erinnern sich – im Film *Citizen Kane.* Der Film beginnt mit dem sterbenden Zeitungsmagnaten Kane, gespielt von Orson Welles, der das Wort ›Rosebud‹ murmelt. Daraufhin versuchte man, die Bedeutung dieses Wortes herauszufinden. Am Schluß stellt sich heraus, daß das der Name des Rodelschlittens war, den er als kleiner Junge besessen hatte . . . Ich wünsche Ihnen viel Vergnügen bei Ihrer Untersuchung, Sheriff.«

Mrs. Adams führte Trout hinaus auf den Korridor. »Ich fürchte, es geht ihr nicht so gut, wie ich gehofft hatte. Ich bleibe wohl besser bei ihr, bis Doktor Cutter eingetroffen ist.« Daraufhin beschrieb sie Trout, wie er die Bibliothek finden konnte.

Die Tür war geschlossen, also klopfte er an und ging dann hinein. Gerald schien seine Anwesenheit zunächst gar nicht wahrzunehmen; er war in einen Stapel Papiere vertieft, den er auf dem Schreibtisch aufgebaut hatte. Trout blieb stehen und beobachtete ihn; dabei fragte er sich wieder, ob dieser straffe, disziplinierte Geschäftsmann schon immer in der Hülle des schlappen Muttersöhnchens verborgen gewesen war.

»Ich habe angeklopft, und da die Tür offen war . . .«, sagte Trout schließlich.

Gerald blickte erschreckt hoch. »Aber natürlich, kommen Sie rein«, sagte er nachträglich. Trout zuckte mit den Schultern, und Gerald fügte hinzu: »Bitte, setzen Sie sich.«

Trout ließ sich ihm gegenüber am Schreibtisch nieder und war zugleich überrascht und wütend, daß er ein gewisses Demutsgefühl nur mit Mühe unterdrücken konnte.

»Sind Sie hergekommen, um mit mir über das Ergebnis der Voruntersuchung zu sprechen? Sehr freundlich, Sheriff, aber wir sind bereits ausführlich über das Urteil informiert worden. Sie werden verstehen, wie erleichtert ich bin, daß das nun alles hinter uns liegt und wir uns wieder mit den Geschäften der Lebenden befassen können.« Dabei warf er einen Blick auf den Aktenstapel.

»Ich wollte, es wäre so einfach. Eve Galatea ist heute in den frühen Morgenstunden ermordet worden.«

»Ermordet? Wie meinen Sie das?«

»Sie wurde erschossen.«

»Ein Raubüberfall? Eine – Vergewaltigung?«

»Ich wünschte, es wäre so leicht zu erklären«, sagte Trout düster. Als sich Geralds Augen weiteten, fuhr der Sheriff fort: »Wenn es sich um eines der üblichen Gewaltverbrechen handelte, könnte man sie als Opfer bezeichnen – aber ich fürchte, der Fall liegt weit komplizierter.«

»Sie meinen, es hat etwas mit Nathan zu tun?«

»Mir fällt kein besseres Motiv für die Tat ein.« Trout wartete ein paar Sekunden lang. »Ich habe bereits mit Greta gesprochen.«

»Nein!« brüllte Gerald beinahe. »Sie können doch nicht im Ernst –«

»Sagen Sie mir, warum ich das nicht kann.«

»Haben Sie nicht gehört, was gestern abend passiert ist?«

Trout nickte. »Danach habe ich noch eine ganze Weile bei ihr gesessen. Sie schlief bereits, als ich sie verließ.«

»Wann war das?«

»Ich weiß es nicht.«

»Ihre Mutter meinte, es sei um Mitternacht gewesen. Sie hätte noch genügend Zeit gehabt.«

»Aber ich sage Ihnen doch, sie hat geschlafen.«

»Das mag Verstellung gewesen sein – außerdem könnte sie danach wieder aufgewacht sein. Sie lagen im Bett und hätten es vermutlich nicht gehört.«

»Aber warum? Was hätte sie für ein Motiv?«

»Sie haßte Eve Galatea. Schon bevor sie sie gesehen hatte. Kommen Sie, Gerald: Wir beide wissen, daß Greta nicht immer ein Motiv braucht für das, was sie sagt oder tut.«

»Greta wäre keinesfalls in der Lage, einen anderen Menschen zu töten.«

»Greta ist, wie ich fürchte, zu allem möglichen fähig.« Trout belehrte ihn, wie ein älterer Schüler ein begriffsstutziges Erstsemester belehrt. »Schauen Sie: Greta liebte Ihren Bruder, war geradezu besessen von dieser Liebe; sie verabscheute den Gedanken, er könnte etwas mit dieser Eve Galatea gehabt haben, sie brach buchstäblich zusammen, als sie die vermeintliche Rivalin im Gerichtssaal sah, und außerdem hat sie in der vergangenen Nacht einen Selbstmordversuch verübt.«

»Sie wollen, daß es Greta ist«, sagte Gerald verächtlich. »Sie wollen, daß Ihre Eve Galatea sinnlos ermordet wurde. Sie sind mindestens ebenso besessen wie Greta –«

Er brach mitten im Satz ab, weil er sah, daß sich die Tür geöffnet hatte. Trout drehte sich herum und sah Dr. Cutter in der Tür stehen. Er fragte sich, wieviel er von dem Gespräch mitbekommen haben konnte.

Dr. Cutter bat um Entschuldigung und war bereit, sich wieder zurückzuziehen, aber Trout forderte ihn auf zu bleiben.

»Sind Sie mit mir fertig?« fragte Gerald spöttisch.

»Vorläufig ja – ich danke Ihnen.«

»Dann gehe ich nach oben, wenn Sie nichts dagegen haben. Ich hoffe, Doktor, Sie können Mr. Trout helfen. Vielleicht haben Sie in Ihrer Arzttasche ein Mittel gegen Wahnvorstellungen.« Er stand auf, ging hinaus und schloß nachdrücklich die Tür hinter sich.

»Miss Galatea ist also ermordet worden«, sagte Dr. Cutter rasch, so daß Trout nicht gezwungen war zu wiederholen, was der Arzt bereits mitgehört hatte. »Und Sie nehmen offenbar an, daß Miss Bergstrom in diesen Mordfall verwickelt ist.«

»Es scheint immerhin möglich zu sein«, sagte Trout in berufsmäßig kühlem Ton.

»Wann ist Miss Galatea gestorben?«

»Zwischen ein und zwei Uhr morgens.«

»Dann können Sie Greta ausschließen.«

»Das hat man mir bereits gesagt. Aber es gibt da noch gewisse Zweifel.«

»Sie *kann* es nicht getan haben.«

Trouts Aufmerksamkeit hatte sich jetzt voll auf den Arzt gerichtet. Die Müdigkeit, die ihn schon vor Geralds wütendem Abgang ergriffen hatte, fiel von ihm.

»Mr. Adams war noch bei Miss Bergstrom, als ich in mein Schlafzimmer gegangen bin. Das war gegen elf Uhr. Ich hatte die Absicht, eine Weile zu lesen, aber die vorhandenen Bücher interessierten mich nicht sehr, so daß ich sehr bald eingeschlafen bin. Als ich erwachte, dachte ich, ich sei nur kurz eingenickt, aber ein Blick auf meine Uhr sagte mir, daß es bereits Viertel vor zwei war. Eigentlich hatte ich vorgehabt, Miss Bergstrom noch ein Beruhigungsmittel zu verpassen. Ich hatte zuvor davon Abstand genommen, weil sie sich eisern dagegen gewehrt hatte. Sie wollte unbedingt mit Mr. Adams sprechen, ohne mitten im Satz einzuschlafen. Abgesehen davon wirkte sie wieder völlig ruhig und gelassen . . . Ja, und nachdenklich. Aber dann stellte ich mir vor, daß sie vielleicht schlaflos da drüben liegen würde – und Schlaflosigkeit ist etwas Schreckliches, selbst unter günstigeren Umständen. Daher bin ich noch einmal hinübergegangen in ihr Zimmer, um sie davon zu erlösen. Aber es wäre nicht nötig gewesen. Sie schlief bereits, und zwar tief und ruhig. Wenn Sie also nicht an übernatürliche Mächte glauben, müssen Sie wohl begreifen, daß Miss Bergstrom nicht in der Lage gewesen wäre, von ihrem Bett aus – im tiefen Schlaf – Miss Galatea zu ermorden.«

»Gut, ich vertraue auf Ihr Urteil. Und Sie sind ganz sicher, was die betreffenden Zeiten angeht? Nein, Sie brauchen mir nicht zu antworten. Ihr Lächeln spricht deutlich genug.«

»Was werden Sie jetzt unternehmen?«

»Ich weiß es noch nicht.«

»Miss Galatea stammte aus Boston, nicht wahr? Vielleicht läßt sich die Lösung des Rätsels dort finden.«

»Möglich.«

»Sie sehen nicht gut aus.«

»Wollen Sie mich auch in Ihre Obhut nehmen? Ich glaube, es ist besser, wenn Sie sich erst einmal um die Patientin kümmern und ihr sagen, daß ich sie nicht mehr verdächtige. Ich nehme an, damit dürfte sich Ihre Beliebtheit hier in direkter Proportion zu meiner Unbeliebtheit steigern.«

»Ich bin da, Enid«, rief Trout von der Tür her.

Ihr »Hallo« klang sehr distanziert aus der Küche.

Sie zerkleinerte gerade Gemüse aus dem Garten: Auberginen, Zucchini, Tomaten. Eine Ratatouille, vermutete Trout. Entweder sie gab ihrer Neigung nach, das Küchenmesser zu schwingen, oder sie hatte sich zu einem Waffenstillstand entschieden – sie haßte es nämlich normalerweise, Ratatouille zu kochen.

Er liebte es, Enid bei der Küchenarbeit zuzusehen. Sie erklärte stets, daß sie ungern kochte, aber Trout hatte ihr das nie geglaubt. Sie wickelte sich jedesmal in eine große weiße Schürze, die sie fest um die Taille schnürte, und krempelte die Ärmel ihrer Bluse hoch. Er liebte es besonders, wenn sie nach Zwiebeln und nach Tüchtigkeit roch und wenn sie Mehl an den Armen hatte. Eine Kindheitserinnerung, vermutete er. Und er fühlte so etwas wie törichten Stolz, wenn sie nach Gefühl die Zutaten abmaß und sich mit gefurchter Stirn aufs Abschmecken konzentrierte. Sie dagegen würdigte die Ergebnisse meist herab und erklärte, jeder könne so kochen wie sie – es sei nur eine Frage des Rezepts, das man genau befolgen müsse.

Trout wollte nicht das erste Wort sagen. Er wollte nicht die Riten unterbrechen, die Enid zelebrierte.

Es ist doch sonderbar, dachte er, daß man Worte viel weniger rückgängig machen kann als Geschriebenes – einmal gesprochen, nehmen sie eine selbständige Existenz an. Der Sprecher kann verschwinden, die Worte hängen noch im Raum. Ja, er kann sogar sterben, und seine Worte leben weiter.

Trout saß am Tisch und rauchte seine dritte Zigarette, als er fast beiläufig sagte: »Eve Galatea ist heute in den frühen Morgenstunden ermordet worden.« Er war es schon fast müde, sich so oft wiederholen zu müssen.

»Ach!« erwiderte sie, ließ das Küchenmesser fallen und fügte dann etwas pointierter hinzu: »Möchtest du mir davon erzählen?«

»Ja.« Er fühlte, daß er damit in gewisser Weise freiwillig die

Waffen streckte, und war froh darüber.

Enid trat von der Arbeitsplatte weg, wusch sich die Hände und wischte sie sich an der Schürze ab. Dann schenkte sie zwei Glas Eistee ein und ließ sich ihm gegenüber am Küchentisch nieder.

»George Cox hat die Zeit ihres Todes zwischen ein und zwei Uhr morgens bestimmt. Der Täter muß Zugang zu ihrer Moteleinheit gehabt haben, oder, was noch wahrscheinlicher ist, Eve hat ihn eingelassen.« Jetzt wurde ihm klar, daß er sie zum ersten Mal nur mit ihrem Vornamen bezeichnete. Der Tod hatte sie offenbar von einer Persönlichkeit zu einer Person reduziert. »Es gibt keine Zeichen eines gewaltsamen Eindringens. Sie wurde erschossen. Mit einer Handfeuerwaffe, die ihr gehörte; aber es gibt nichts, was auf einen Streit hinweisen würde. Keinen Grund zu der Vermutung, jemand könnte ihr die Waffe aus der Hand gerissen haben. Es sieht fast so aus, als ob sie jemanden von der Straße angeheuert hätte, damit er sie erschießt.«

»Könnte es jemand gewesen sein, den sie aus Boston kannte?«

»Das ist durchaus möglich. Sie hat vielleicht mehreren Leuten mitgeteilt, daß sie noch eine Weile hierbleiben wollte, und mit den Presseberichten über die Voruntersuchung war das ja auch kein großes Geheimnis. Aber es erscheint dennoch nicht besonders sinnvoll. Warum hätte derjenige sie ausgerechnet hier und nicht in Boston ermorden sollen?«

»Also nimmst du an, es ist jemand gewesen, der hier in der Gegend lebt.«

»Ich dachte zuerst, es sei Greta gewesen. Du weißt, die hysterische Sekretärin. Aber Doktor Cutter gab ihr ein perfektes Alibi, nachdem ich mir die ewige Feindschaft der Leute aus der Hornsby-Villa zugezogen habe. Genau gesagt, hatte ich heute den ganzen Tag über offenbar das Talent, alle Leute gegen mich einzunehmen. Ich habe mit Norm und Alice gesprochen, weil Eve in ihrem Motel erschossen wurde. Aus einem mir unbekannten Grund glaubte Alice, mir auf die Zehen treten zu müssen. Ich war sehr in Versuchung, ihre Spitzfindigkeiten zu erwidern.« Trout war beruhigt, als er Enids überraschtes Gesicht sah. Es hätte ihm wenig gepaßt zu erfahren, daß sie sich seinetwegen an der Schulter ihrer Freundin ausweinte.

»Jedenfalls – mir fehlt jetzt jeder Hinweis auf einen Täter und auf ein halbwegs brauchbares Motiv.«

»Wie wär's mit mir? Ich habe sie schließlich gehaßt.«

»Du hast sie nie gesehen.«

»Von wegen – du hast sie ja praktisch jeden Abend mit nach Hause gebracht.«

»Aber ich –«

»Du weißt genau, was ich damit meine. Beleidige mich jetzt nicht damit, daß du so triviale Dinge einfach abstreitest. Weißt du, was ich dir nicht verzeihen kann? Bestimmt nicht deine Wünsche, was diese Frau betraf, so durchsichtig sie auch gewesen sein mögen – die kann ich dir nachsehen. Aber du hast mich so weit gebracht, daß ich mich selbst nicht mehr ausstehen konnte. Um ehrlich zu sein: Mir war ganz schlecht vor Eifersucht – und vor Angst.«

Ihre Augen waren feucht, und ihre Nase hatte sich gerötet. Er merkte, daß sie leicht zitterte. Trout sah zu, wie die Eiswürfel in ihrem Tee allmählich schmolzen.

»Ich glaube, es ist für uns beide sehr gut zu wissen, wo wir in der vergangenen Nacht waren«, sagte er leichthin. Aber er machte sich Sorgen. Immerhin hatte er sie erst zum dritten Mal, seit sie sich kannten, weinen gesehen.

Der Abend verlief ziemlich still. Nach der Konfrontation in der Küche hatte sich ein etwas brüchiger Friede eingestellt, der immerhin besser war als der vorausgegangene kalte Krieg. Sie hatten sich entschlossen, alle zusammen ins Autokino zu fahren, wo man in Wiederaufführung »In 80 Tagen um die Welt« gab. David Niven war es bis dahin immer gelungen, Enid zu erheitern.

Trout hatte bereits die Wagenschlüssel in der Hand, als das Telefon klingelte.

»Hallo?«

»Tut mir leid, Sie zu Hause stören zu müssen, Sir.«

Trout stöhnte leise. »Schon gut, Agronski. Was gibt's?«

»Ja nun, Sir, wie Sie sagten, war Miss Bergstrom unsere einzige Verdächtige und wäre es wohl noch, wenn Doktor Cutter nicht für sie ausgesagt hätte. Ich habe jetzt eine junge Frau hier auf der Station mit einer Information, die Auswirkungen haben könnte auf Miss Bergstroms Alibi. Ich dachte, Sie wollten selbst mir ihr reden, Sir.«

»Ist es wirklich nötig? Verdammt, hat das nicht Zeit bis morgen früh?«

»Doch, Sir. Tut mir leid, Sir.«

Trout fühlte, daß er sich gegenüber Agronski ungerecht verhielt, und war bereit, dafür Buße zu tun. »Ich bin in zwanzig Minuten dort.«

»Jawohl, Sir.«

Enid und die drei Mädchen, alle vier aufbruchbereit im Wohnzimmer sitzend, verstanden durchaus die Folgen der Konversation, die sie mit angehört hatten. Trout drückte seiner Frau einen Kuß auf die Stirn und wünschte ihnen viel Vergnügen im Kino.

Danach ging er rasch hinaus zum Wagen und kam noch fünf Minuten früher als vorausgesagt in seinem Büro an. Als er es betrat, sah er Agronski und eine Riesin von neunzehn Jahren im Vorzimmer sitzen, beide in ein ernsthaftes Gespräch vertieft. Als die Tür geschlossen wurde, drehte sich Agronski um, erhob sich dann und sagte: »Das ist Patricia Peterson, Sir.« Er sprach mit der Selbstgefälligkeit eines Kartenspielers, der gerade den letzten, entscheidenden Trumpf ausgespielt hat.

»Patty«, verbesserte das Mädchen mit breitem, gummiartigem Lächeln.

Trout schnitt eine Grimasse, als er sah, daß »Patty« tatsächlich einen Kaugummi im Mund hatte, der beim Sprechen sichtbar wurde.

»Miss Petersons Mutter hat in Doktor Cutters Haus gearbeitet.«

»Sie war vier Tage in der Woche in Ratchet Cove: zwei beim Doktor und zwei bei den Bartons. Doktor Cutter war ein ordentlicher Mann, aber diese Barton hat auch nicht einen einzigen Teller abgespült. Ich hab' Ma oft gesagt, daß es Sklavenarbeit ist, und außerdem wurde sie noch schlecht bezahlt. Ma hat dann die Arbeit bei den Bartons aufgegeben, aber den Doktor hat sie beibehalten, bis sie zu schwach zum Arbeiten war.«

»Mrs. Peterson ist vor drei Jahren gestorben«, unterbrach Agronski.

»Oh – mein Beileid«, sagte Trout automatisch.

»Nicht nötig. Sie war schon jahrelang schwach und krank. Und außerdem ein bißchen vertrottelt. Sehen Sie, das war auch einer der Gründe, warum sie so lange beim Doktor geblieben ist: Er hat sie behandelt und hat ihr Medizin gegeben – umsonst. Sie ist dann an einer Lungenentzündung gestorben – mit Komplikationen«, fügte sie stolz hinzu.

Agronski hatte Papier und einen Kugelschreiber vor sich und kritzelte.

»Sie werden mir Fragen stellen wollen, jetzt, wo Sie wissen, wer ich bin«, sagte Patty.

»Das würde ich gern – wenn ich nur wüßte, was ich Sie fragen soll.« Trout hatte sich wieder an Agronski gewandt.

»Ja nun, Sir, nachdem Doktor Cutter drüben in Ratchet Cove wohnt und hier bei uns nicht viel unter die Leute kommt, wissen wir auch wenig über sein Privatleben. Er hat kaum Patienten hier in Fells Harbor. Also dachte ich, es wäre vielleicht ganz gut, wenn ich mich mal erkundige, ob er ein Hausmädchen oder eine Reinmachefrau hat. Zur Zeit kommt eine junge Frau an vier Tagen in der Woche zu ihm und hält das Haus in Ordnung, aber sie betritt das Haus erst, wenn er schon in der Praxis ist, und geht, bevor er abends zurückkommt. Sie konnte mir gar nichts sagen. Ich dachte schon, damit wäre die Sache gelaufen, aber da hat sie Mrs. Peterson erwähnt. Und so bin ich auf Patty gekommen.«

»Und weiter?«

»Nun, Sir, wenn Doktor Cutter Gäste hatte, kümmerte sich Pattys Mutter um die Küche und um das Auftragen bei Tisch.«

»Faszinierend.«

Agronski warf ihm einen vorwurfsvollen Blick zu. »Bei den meisten dieser Abendessen gab es nur einen Gast: Miss Bergstrom.«

»Hatten Sie mit einer derartigen Entdeckung gerechnet?«

»Um ehrlich zu sein, Sir – nein. Aber ich dachte, es ist besser, wenn wir ihn ein bißchen überprüfen, weil er ja ihr Alibizeuge ist.«

»Und das haben Sie getan. Während ich ihn bei ihr gesehen und mit ihr sprechen gehört habe und rückblickend deutlich erkennen kann, daß der Mann sie liebt – und keine Sekunde lang an diese Möglichkeit gedacht habe. Wenn ich Sie wäre, Agronski, würde ich mich bei den nächsten Wahlen um das Amt des Sheriffs bemühen. Wenn ich nicht auf mein Gehalt angewiesen wäre, würde ich Ihnen sogar meine Stimme geben.«

Agronski schien von dieser Wendung wenig begeistert zu sein; sein unwilliges Kopfschütteln drückte aus, daß Trouts Vorschlag gegen die natürliche Ordnung verstieß. Danach wandte er sich wieder an Patty und bat sie zu wiederholen, was ihre Mutter ihr über diese Abendessen zu zweit berichtet hatte.

»Ma war nicht eine von denen, die alles herumklatscht, aber sie hat schließlich mit jemandem reden müssen. Zwei Jahre bevor sie gestorben ist, hat Doktor Cutter diese Miss Bergstrom ziemlich oft zum Abendessen eingeladen. Ma hat gekocht und serviert und danach die Küche in Ordnung gebracht. Der Doktor ist zuvor oft hinausgegangen in den Garten und hat Blumen geschnitten, und dann hat er ein Mordstheater gemacht mit dem Tischdecken und den Kerzen und so. Damals hat sie ihn mindestens einmal in der Woche besucht, bis er eines Tages das kleine Päckchen auf ihren Teller gelegt hat. Als sie gekommen ist, war er ganz aufgeregt, hat immerfort gelacht und sie gefragt, ob sie das Päckchen zur Vorspeise oder zum Dessert haben möchte. Ma hat sich gerade daran gut erinnert, weil sie gedacht hat, das war recht nett von dem Doktor. Aber diese Miss Bergstrom hat gesagt, sie will es überhaupt nicht. Danach ist sie nicht mehr gekommen, jedenfalls nicht mehr, solange Ma für den Doktor gearbeitet hat. Ma hat gesagt, sie hat dem Doktor wirklich das Herz gebrochen.«

»Und wie lange hat diese – Brautwerbung gedauert?«

»Also, Ma hat über ein Jahr diese Abendessen für zwei machen müssen. Aber genau kann ich es nicht sagen.«

»Ich danke Ihnen sehr für Ihre Hilfe, Patty.«

»Hab' ich doch gern gemacht. Ich will auch nicht fragen, warum Sie das alles wissen wollen, weil es für mich schon jetzt Versuchung genug ist, überall herumzuerzählen, daß ich beim Sheriff gewesen bin. Gute Nacht, dann.«

Agronski begleitete Patty Peterson zur Tür, und als er zu Trout zurückkam, zeichnete dieser abenteuerliche Gebilde um Agronskis Gekritzel. Agronski war sehr mit sich zufrieden. Er bevorzugte bei der Aufklärungsarbeit die induktive Methode; es machte ihm Spaß, Beweise zu sammeln und diese Beweise genau abzutasten. Trout dagegen vertraute eher der deduktiven Methode und versuchte, erst eine Theorie zu entwickeln, mit deren Hilfe man zum besseren Verständnis des Täters wie des Opfers gelangte.

Nach einiger Zeit blickte Trout auf und seufzte. »Ein verdammt lausiger Fall.«

Am folgenden Morgen rief Trout Dr. Cutter an und vereinbarte mit ihm einen Termin in seiner Praxis. Auf der Fahrt dorthin hatte er Gelegenheit, seine Gefühle ein wenig in Ordnung zu bringen oder das, was davon noch übriggeblieben war. Dabei wurde ihm wieder einmal klar, daß er sich bemühte, sowohl seine Arbeit möglichst wirkungsvoll zu tun als sich auch ausreichend um seine Familie zu kümmern; er wollte Ordnung. Trout war nicht der Mensch, den es ständig nach Aufregungen und Sensationen verlangte. Die Ereignisse der letzten Tage und seine unordentlichen Gefühle hatten ihn verletzlich gemacht. Jetzt wollte er seine Neugier wieder auf Sensationen wie die Spiele um die Baseball-Weltmeisterschaften beschränken.

Der Mord mußte aufgeklärt werden, damit er sich danach wieder verstärkt der Arbeit im Garten und den Spielen der American League widmen konnte – aber er war sich durchaus im klaren, was er dabei alles ans Tageslicht fördern konnte. Dieser Dr. Cutter war ihm sympathisch. Er wollte ihm weder nahe treten noch ihn verletzen ... Allmählich begann er daran zu zweifeln, daß ihm das, was zum Tod von Eve Galatea geführt hatte, in nächster Zeit ruhig schlafen lassen würde. Aber vor allem fürchtete er sich davor, mehr über sich selbst zu erfahren, je tiefer er diesen Fall auslotete.

Cutters Wartezimmer war eine Überraschung. Ein abgetretener, aber dicker Teppich mit Rosenmuster bedeckte den Boden. Als Sitzgelegenheiten standen zwei tiefe, unverwüstliche Ledersofas bereit. Die Wände waren blaßrosa tapeziert – Enid hätte die Farbe vermutlich besser bestimmen können –, und ihre einzige Zierde war eine alte und ziemlich ausgebleichte Pikeearbeit, die wie ein Wandteppich die größte freie Fläche bedeckte. In der einen Ecke stand ein niedriger Holztisch mit einer ganzen Anzahl von Puzzles, umgeben von ebenso niedrigen, etwas plumpen Holzstühlen. Den Lesehungrigen wurde die Auswahl nicht sonderlich schwergemacht; für die jüngeren Patienten standen die Bücher von Beatrix Potter zur Verfügung, für die Erwachsenen ein paar alte Ausgaben der britischen Zeitschrift *Encounter,* die ihren Leser eine etwas seltsame Mischung aus Politik und Kunst bot. Zu seiner Verblüffung entdeckte Trout auch eine Anzahl Aschenbecher – auf jeder glatten Oberfläche mindestens einen. An der Decke wirbelte ein Ventilator die Luft auf. Trout kam sich vor wie im Aufenthaltsraum einer Pension. Es hätte nur noch ein altes Klavier gefehlt, und der Eindruck wäre vollkommen gewesen.

Die Tür zu den Behandlungsräumen öffnete sich, und die Praxishilfe des Doktors watschelte herbei, gefolgt von einer ernst dreinschauenden, jungen Frau mit etwa zweijährigen Zwillingsjungen. Die Frau war offensichtlich schwanger, und ihre bereits vorhandenen Abkömmlinge machten sich diesen Zustand zunutze und schubsten die schon ziemlich unbewegliche Frau hin und her, während sie einen neuen Termin vereinbarte.

Die Praxishilfe strahlte die beiden Jungen an, dann richtete sie den Blick auf Trout. »Mr. Trout? Doktor Cutter ist jetzt frei. Sie können hineingehen. Zweite Tür.«

Trout ging fast ehrfürchtig an diesem Muster menschlicher Fruchtbarkeit vorbei und zog dann die Tür zum Wartezimmer hinter sich zu.

Cutter saß an seinem Schreibtisch und kritzelte kleine Symbole auf das Patientenblatt, das vor ihm lag.

»Schon wieder Zwillinge?« fragte Trout.

Cutter blickte auf und schaute ihn überrascht an. »Wie? Ach so. Nein, ich glaube, wir haben heute einen dritten Herzton entdeckt. Ich bin nicht sicher, deshalb schicke ich sie zu einer Ultraschall-Untersuchung. Meine ersten Drillinge.«

Trout zeigte sich sichtlich beeindruckt. »Die arme Frau. Sieht kaum älter als fünfundzwanzig aus.«

»Sie wäre entzückt über das Kompliment. Vierunddreißig – und es wird keine Schwierigkeiten geben. Sie schafft das ohne weiteres. Sind Sie wegen Miss Bergstrom hier?«

»Ja.«

»Die wird es auch schaffen. Ich war heute morgen noch einmal bei ihr.«

»Glauben Sie, es geht ihr gut genug, daß ich mich noch einmal mit ihr unterhalten kann?«

Cutter zog die Augenbrauen hoch. »Ich würde sagen, ja – aber ist das nicht überflüssig? Sie wissen bereits, daß sie im Bett lag, als Eve Galatea ermordet wurde.«

»Nein«, erwiderte Trout tonlos. »Ich weiß nur, daß Sie sagten, sie hätte im Bett gelegen.«

»Ich verstehe.« Cutters Stimme war ebenso ausdruckslos. »Sie wollen damit andeuten, daß ich Sie belogen habe.«

»Ich halte es zumindest für möglich.«

»Gibt es einen bestimmten Grund dafür, oder sagen Sie es nur, weil diese Theorie für Sie die einfachste wäre?«

»Verdammt, Cutter – warum haben Sie mir nicht gesagt, daß Sie in das Mädchen verliebt waren?«

»Ach so«, erwiderte Cutter. »Sehen Sie, auch in diesem Punkt sind Sie auf dem Holzweg. Bitte versuchen Sie nicht, Ihre Phantasie zu strapazieren – ich kann nicht damit rechnen, daß Sie mich verstehen. Mir ist klar, daß sie nicht Ihr Typ ist. Aber ich liebe sie noch immer. Wissen Sie, ich bin noch immer der Meinung, daß wir ein glückliches Paar hätten werden können, wenn es Nathan Adams nicht gegeben hätte. Als er verschwand, hatte ich gehofft, alles würde doch noch zu einem guten Ende kommen.« Er wandte sich ab. »Und es wäre mir sehr lieb, wenn Sie mich nicht bemitleiden würden. Sparen Sie sich das Mitleid für sich selbst auf.«

»Hören Sie«, sagte Trout müde, »Sie bringen Babys zur Welt und behandeln Allergien – das hier dagegen ist mein Job. Jemand ist ermordet worden, und die einzige Person, die ein Motiv hat für eine solche Tat – ein wirkliches oder ein eingebildetes –, ist eine junge Frau, die ein wasserdichtes Alibi erhalten hat – von jemandem, der sie liebt. Vielleicht haben Sie nicht so lange an ihrem Bett gesessen. Vielleicht sind sie hinübergegangen in ihr Zimmer und haben ein leeres Bett vorgefunden. Vielleicht diente Ihre Erklärung auch dazu, sich selbst ein Alibi zu verschaffen. Ja, vielleicht haben Sie Eve Galatea im Auftrag von Greta erschossen.«

»Glauben Sie das im Ernst?« Cutters Ton zeigte keinerlei Ärger; die Stimme klang neugierig und vielleicht ein wenig erstaunt.

»Es kommt nicht darauf an, was ich glaube«, sagte Trout automatisch. Dann hielt er inne, um die Frage zu überdenken. »Ich glaube, daß ich Ihnen nicht viel glauben darf. Aber Sie können mir helfen, wenn Sie wollen. Sie können mir sagen, was Sie wirklich wissen.«

Die Hoffnungslosigkeit, die Trouts Worte unterstrich, schien Cutter zu erschüttern. »Ich kann Ihnen nicht helfen«, sagte er leise.

Trout seufzte und stand auf. Und Cutters Stimme folgte ihm hinaus auf den Korridor: »Ich glaube, Sie sollten sich einen anderen Job suchen, Mr. Trout.«

Trout hielt kurz an einer Imbißbude in Ratchet Cove, um eine Kleinigkeit zu Mittag zu essen. Er bestellte sich einen Teller Chili und danach ein Stück Bostoner Kremtorte, die so schmeckte, als ob sie ausschließlich aus Plastik hergestellt worden wäre. Dennoch genoß er Gabel für Gabel und dehnte die Mahlzeit auch noch so lange wie möglich aus, um seinen Besuch im Hause Hornsby hinauszuzögern.

Er mußte noch einmal mit Greta Bergstrom sprechen. Am liebsten hätte er sein ungutes Gefühl auf eine Magenverstimmung zurückgeführt, aber er wußte, daß es mit seiner Vermutung zusammenhing, sie könnte doch etwas mit dem Mordfall zu tun haben. Andererseits: Selbst wenn man nicht sicher sein konnte, daß sie die ganze Nacht im Haus geblieben war, selbst wenn Cutter ihn belogen hatte – wie konnte sie Bescheid wissen über den Revolver? Wenn sie dorthin gefahren wäre, um Eve zur Rede zu stellen, wäre sie vermutlich mit bloßen Händen angekommen. Und warum hätte Greta Eve umbringen sollen? Was hatte Eve bei der Voruntersuchung gesagt, daß bei Greta daraufhin die Sicherungen durchbrannten?«

Greta schien ziemlich gefaßt zu sein, als Trout zuletzt mit ihr gesprochen hatte. Er nahm freilich an, daß auch dies ein Zeichen ihrer seelischen Verwirrung sein konnte. Dennoch konnte er nicht glauben, daß sie tatsächlich verrückt war – ein bißchen hysterisch vielleicht von ihrem realitätsfernen Leben in diesem bizarren Haus.

Als er ankam, traf er sie allein im Garten an. Er nahm dies als ein Zeichen ihrer Genesung und war froh darüber, nicht erst die schützenden Barrieren erstürmen zu müssen, die Mrs. Adams und Gerald zweifellos errichtet hätten.

Sie trug Jeans und dazu ein kurzärmeliges Baumwollhemd. Zum ersten Mal sah Trout in ihr eine hübsche junge Frau und nicht das tüchtige Wesen, das imstande war, soundso viele Anschläge pro Minute zu tippen. Sie kniete auf dem Boden, betrachtete wild wachsende Pilze und suchte sich einzelne Exemplare aus, die sie mit dem Messer abschnitt und in ein Körbchen legte, welches sie bei sich trug.

Sie blickte nicht auf, als er sich ihr näherte, sagte aber leise und ohne Groll: »Ich hatte Sie schon früher erwartet. Ich dachte, Sie würden direkt von Doktor Cutter hierherfahren.«

»Er hat Sie also angerufen.« Es war keine Frage, sondern eine Feststellung.

»Natürlich.« Sie bückte sich wieder. »Übrigens – ich sammle die Pilze nicht aus irgendwelchen zwielichtigen Gründen«, sagte sie leichthin. »Haben Sie schon mal einen Abdruck gesehen, der mit einem Pilz gemacht wurde? Nein«, antwortete sie selbst, als sei sie über Trouts persönliche Interessen und deren Grenzen genau informiert. »Warum sollten Sie? Es ist ganz einfach. Man nimmt einen frisch gepflückten Pilz, legt ihn auf buntes Papier, läßt ihn liegen, bis er seine Sporen ausgeschüttet hat, und das Ergebnis ist ein wunderschöner Abdruck. Ich nehme an, es ist die Symmetrie, die ihn so vollkommen erscheinen läßt, ähnlich wie bei Schneeflocken und Spinnennetzen. Ich wollte ein paar davon für Doktor Cutters Sprechzimmer rahmen.«

»Ich möchte sie gern sehen, wenn sie fertig sind.«

»Ja, vielleicht sollten Sie sie ansehen.«

»Hat Ihnen Doktor Cutter gesagt, worüber wir gesprochen haben?«

»Ich hatte den Eindruck, es war eher eine Anklage als ein Gespräch.«

»Ich glaube, da irren Sie.«

»Wirklich?« fragte sie und schnitt eine Grimasse. »Und ich dachte, Sie seien Hals über Kopf in unser Privatleben getaucht, um mit der erschütternden Tatsache an die Oberfläche zu kommen, daß Doktor Cutter einmal in mich verliebt war und mir deshalb für die vergangene Nacht ein perfektes Alibi geliefert oder gar selbst einen Mord begangen hat. Ich glaube, allmählich beginne ich Sie zu verstehen. Sie sind wie ein Wurm.« Das sagte sie ganz ruhig, als spreche sie übers Wetter oder irgendein anderes unwichtiges Thema.

»Er hätte es mir nicht verschweigen dürfen.«

»Aber um Himmels willen, warum denn nicht? Das Ganze liegt eine Weile zurück, und selbst damals war es kaum der Rede wert.«

»Ich frage mich, ob er jetzt die Wahrheit gesagt hat.«

»Sie sind wirklich töricht. Doktor Cutter wäre nicht imstande, einen Menschen zu töten, und ich bin es ebensowenig.«

»Warum wollen Sie mir dann nicht sagen, was Sie über Eve Galatea wissen?«

»Sie sagten dem Coroner, daß ich nichts über sie wissen kann. Doktor Cutter meint, Sie hätten diese Meinung sehr nachdrücklich vertreten.«

»Aber das war, bevor sie ermordet wurde.«

»Ich verstehe nicht, was das an Ihrer Ansicht geändert haben sollte.«

»Sie ist tot, verdammt.«

»Was ändert das an der Vergangenheit?«

»Es ändert alles.«

»Und was wollen Sie von mir hören?«

»Wer sie in Wirklichkeit war.«

»Sie verlangen eine ganze Menge von mir. Schließlich sind Sie der Sheriff in diesem County. Sie haben Zugang zu allen möglichen Informationen. Ich bin sicher, Sie haben inzwischen alles herausgefunden, was es zu erfahren gibt.«

»Ich habe bis jetzt so gut wie gar nichts erfahren, was ich wissen muß – nämlich das, was Sie mir sagen können. Ich bin sicher, daß Sie Eve Galatea gekannt haben, vielleicht unter einem anderen Namen und aus vergangenen Tagen.«

Sie lachte unerwartet fröhlich, als erinnere sie sich an einen längst vergessenen Scherz. »Wir waren Schwestern – beinahe hätte ich es vergessen. Sie glauben mir das nicht?« fügte sie dann schalkhaft hinzu. »Weil wir einander noch weniger ähnlich sind als Nathan und Gerald Adams?« Wieder lachte sie, dann schüttelte sie den Kopf über Trouts Humorlosigkeit.

»Sie wollen mir also nicht helfen?«

»Ich habe zuvor gesagt, daß Sie töricht sind. Ich möchte das etwas abmildern: Ich glaube, ich habe in Ihnen einen verwandten Geist entdeckt . . .« Damit hob sie das Körbchen auf und ging zurück zum Haus. Trout wollte ihr folgen, änderte dann aber seine Meinung und ging zurück zu seinem Wagen.

Danach fuhr er an der Küste entlang, bis er an ein Stück Strand kam, das von der Straße durch eine Baumgruppe abgeschirmt wurde. Er brauchte etwas Zeit zum Nachdenken, ohne das stumpfsinnige Gejammere von Homer und die fröhliche Entschlossenheit Agronskis. Er parkte den Wagen zwischen den Bäumen, zog sich Schuhe und Socken aus und vergrub die Füße im kühlen Sand. Später ging er zweimal die ganze Länge des Strandes entlang, suchte sich einen schönen Platz, ließ sich nieder und blieb eine Weile bewegungslos sitzen.

Er wußte, daß man hinter einem Mord immer einen Grund suchen konnte, ein Motiv, einen Anlaß. Mit der Erfahrung war ihm auch die Erkenntnis gekommen, daß es fast nie ein plausibler, ein halbwegs vernünftiger Grund war – aber der entscheidende Punkt lag darin, daß der Mörder stets eine ausreichende Motivation für seine Tat zu haben glaubte. Selbst geistig abartige Mörder wie Heckenschützen oder Kindsverderber hatten ihre Gründe, auch wenn diese Gründe nur ihnen selbst und keinem Außenstehenden vernünftig erschienen.

Wenn man die zwei naheliegenden Gründe zum Töten ausschließen konnte – Familienzwist oder Gewinnsucht –, dann mußte man eben nach etwas komplizierteren Motivationen suchen, nach Gründen, die nur in einem verwirrten oder verrückten Gehirn entstanden sein konnten. Das war der Grund, warum er immer wieder auf Greta Bergstrom zurückkam.

Sie hatte einen Nervenzusammenbruch erlitten. Er wußte, daß derartige Zusammenbrüche – ganz gleich, ob sie sich periodisch oder nur einmal im Leben ereigneten – gar nicht so selten waren. Sein Zimmerkollege auf dem College hatte einen ähnlichen Zusammenbruch erlebt, nach einer Periode vergleichsweise harmloser Depressionen, und war drei Wochen später wieder völlig normal und munter gewesen. Das Gehirn war ein überraschend tüchtiger Apparat, aber es gab immer vorübergehende Funktionsstörungen, mit denen man rechnen mußte.

Gretas Verfolgungswahn, ihr Zusammenbruch und der darauffolgende Selbstmordversuch schienen haargenau in das Schema einer solchen vorübergehenden Funktionsstörung zu passen. Was ihn dabei interessierte, war die Rolle, die Eve Galatea in der Angelegenheit gespielt hatte.

War die Verbindung rein zufällig, war Eve nichts weiter als ein Anlaß für Gretas Besessenheit gewesen, ein Aufhänger, der zur rechten Zeit erschienen war? Oder war sie eine Art Symbol für sie gewesen, ein Feind, der irgendwelche Horrorvisionen im Unterbewußtsein der Sekretärin geweckt hatte?

Nein – er mußte das Rätsel Eve Galatea an den Beginn seiner Gedankenkette stellen. Was er über sie wußte, waren ein paar dürftige Angaben – Daten, Ortsnamen, Kontonummern und winzige Hinweise. Außerdem hatte er seine persönlichen Eindrücke, doch selbst diese kamen ihm fast zweidimensional vor. Noch vor ein paar Tagen hatte er gehofft, bei Gelegenheit eine dritte Dimension hinzufügen zu können.

Eines stand fest für ihn: Sie war eine Frau, die man nicht vergessen konnte. Und gerade das war das seltsamste Element in einem ohnehin seltsamen Fall. Niemand hatte bisher Anspruch erhoben auf den Leichnam. Niemand interessierte sich dafür, wann und wo die Frau beerdigt werden sollte. Die einzige Nachfrage, die bei ihm eingelaufen war, stammte von ihrem Anwalt aus Boston – nachdem Agronski ihn ermittelt hatte, um Näheres über ihren Nachlaß zu erfahren. Der Mordfall hatte die Nachrichtenagenturen interessiert; nicht nur in der näheren Umgebung, auch überregional hatte die Presse darüber berichtet, nachdem die Ermordete mit dem Unterschlagungsfall Nathan Adams in einem gewissen Zusammenhang zu stehen schien. Außerdem war sie eine attraktive Frau gewesen, also ein gefundenes Fressen für die Boulevardblätter. Aber inzwischen waren fast achtundvierzig Stunden vergangen, und Trout kam zu der Erkenntnis, daß es keine trauernden Hinterbliebenen zu geben schien. Das fand er so unglaublich und zugleich so unwiderlegbar wie die Landung der Apollokapsel auf dem Mond.

Als die sinkende Sonne pastellfarbene Tupfen auf das langsam grau und bleiern werdende Wasser warf, entschloß sich Trout, am nächsten Morgen nach Boston zu fliegen.

Auf dem Nachhauseweg fuhr er noch einmal an seinem Büro vorbei.

Der Vorraum war dunkel und sah verlassen aus, aber aus der halboffenen Tür zu seinem Büro fiel Licht. Seine Schritte auf den nackten Fliesen klangen hohl, so daß Homer Zeit genug hatte, sein Schinkensandwich einzuwickeln und die Füße von Trouts Schreibtisch zu nehmen. Als Trout unter der Tür stand, schaute Homer ihn etwas belämmert an und wartete darauf, zurechtgewiesen zu werden. Doch dann merkte er, daß sein Vorgesetzter sich entschlossen hatte, die Entweihung des Allerheiligsten zu ignorieren, und setzte sein übliches spöttisches Grinsen auf.

»Wo ist Agronski?« fragte Trout.

»Vor einer halben Stunde nach Hause gefahren. Ich kümmere mich um alles, was anfällt.«

Kann ich mir vorstellen, dachte Trout. Vermutlich hast du wieder mal in meinem Schreibtisch gestöbert.

»Und ist etwas angefallen?«

»Nein – nur Routinesachen.«

Trout wurde allmählich ungeduldig und zeigte es deutlich.

»Der medizinische Sachverständige hat angerufen – wie heißt er noch? Cox«, fügte Homer rasch hinzu.

»War es dringend?«

»Nee. Oder besser, er hat nichts davon gesagt.«

»In Sachen Eve Galatea?«

»Keine Ahnung.«

»Oder vielleicht hat es noch einen Mordfall gegeben, den Sie vergessen haben?«

»Ich bitte Sie, Boss!«

Trout haßte die Anrede ›Boss‹ noch mehr als ›Sir‹.

»Sollten Sie mir etwas bestellen?«

»Nee. Nur, daß er angerufen hat.«

Trout komplimentierte Homer mit einer Handbewegung hinaus, dann nahm er den Hörer mit der linken Hand ab und blätterte mit der rechten in einem alten Schreibtischkalender, der als Telefon- und Adreßbuch diente. Als er die Seite mit dem Namen George Cox aufgeschlagen hatte, hielt er inne. Er wischte Homers Brotkrümel mit der Handkante von der Schreibtischplatte in einen dunkelgrünen Papierkorb aus Metall, und nach dem fünften Rufzeichen hörte er eine freundliche, aber ziemlich atemlose Stimme »Hallo?« sagen.

»Hallo, Sophie. Hier ist Trout. George hat vor einer Weile hier angerufen, und ich dachte mir, ich würde ihn um diese Zeit zu Hause erreichen.«

»Nett, mal wieder von Ihnen zu hören, Sheriff, auch wenn es um eine berufliche Angelegenheit geht. Aber George ist nicht hier. Er ist heute nachmittag nach Bangor gefahren. Ich habe eine Nummer, unter der Sie ihn erreichen können.«

Trout überlegte, dann fragte er: »Wissen Sie, weshalb er dort hingefahren ist, Sophie?«

Er konnte sich die Lachfältchen um ihre Augen gut vorstellen, als sie antwortete: »Wollen Sie bei mir auf diese Weise den Verdacht wecken, ich könnte eine Rivalin haben?«

»George denkt nicht im Traum daran, das Schlechtere gegen das Bessere einzutauschen. Und ich bin davon überzeugt, der Staat Maine ist nicht groß genug, um eine Frau hervorzubringen, die kühn genug wäre, sich als Ihre Rivalin aufzuspielen.«

»Ach, wissen Sie«, erwiderte sie im vollen Bewußtsein ihrer Position, »die alten Narren sind die größten Narren.«

»George ist vielleicht älter geworden – wer wird das nicht, Sie einmal ausgenommen –, aber bestimmt nicht töricht.«

»Ich hab' Sie immer gut leiden können, Sheriff. Und jetzt habe ich Gelegenheit, mein Gefühl Ihnen gegenüber auf die Probe zu stellen. Ich muß sagen, es war richtig . . . Nein, George besucht einen Arzt in Bangor.«

»Hat das etwas mit dem Mord an Eve Galatea zu tun?«

»Er hat mir nichts Näheres verraten. Aber er schien einigermaßen verwirrt zu sein, hatte ich den Eindruck. Tut mir leid, wenn ich Ihnen nicht mehr sagen kann.«

»Hat er gesagt, wie lange er wegbleiben wird?«

»Ein paar Tage. Morgen trifft er sich erst einmal mit diesem Arzt. Er hat den Namen nicht erwähnt, oder vielleicht hat er ihn sogar erwähnt, aber ich habe ihm nicht zugehört. Er kommt frühestens übermorgen zurück. Wissen Sie, er fährt nicht mehr gern nachts, schon gar nicht weitere Strecken. Natürlich gibt er das nicht zu, aber mir ist es nur recht so, weil ich mir immer Sorgen mache, wenn er bei Dunkelheit noch unterwegs ist.«

»Wenn ich ihn also heute abend nicht mehr erreiche, kann ich erst übermorgen mit ihm sprechen. Ich muß nämlich selbst weg – morgen früh.«

»Das ist wirklich schade. Ich meine, daß es diesmal so gar nicht klappt. George fährt ja sehr selten fort, wie Sie wissen. Und schon gar nicht, ohne mich mitzunehmen. Andererseits sage ich mir, daß das vielleicht die große Chance für uns beide wäre.«

»Führen Sie mich nicht in Versuchung, Sophie. Keine Heimlichkeiten, wenn ich bitten darf. Wenn Sie allerdings bereit sind, George zu verlassen – bitte sehr. Aber in unserem Fall bestehe ich auf allem oder nichts.«

»Sie – und Humphrey Bogart.«

»Wie meinen Sie das?«

»Die beiden einzigen Männer, die eine Frau so zurückweisen können, daß sie es noch als Kompliment auffaßt.«

»Das freut mich. Ich glaube, Sie sind die einzige Frau, die jemals eine Ähnlichkeit zwischen mir und Bogart entdeckt hat.«

»Man unterschätzt Sie eben, Sheriff. Und dabei fällt mir Enid ein. Kommt ihr beide zu uns, zu unserem Labor-Day-Picknick?«

»Soviel ich weiß, ja.«

»Gut. Dann werde ich Sie mal ein bißchen loben – so, daß Enid es hören kann. Ich hoffe, Sie wird nicht gleich eifersüchtig. Sagen Sie ihr schöne Grüße.«

Trout schrieb sich die Nummer in Bangor auf, die sie ihm durchsagte, und nach ein paar weiteren Freundlichkeiten wünschte er Sophie eine gute Nacht.

Trout hatte Sophie Cox seit jeher gut leiden können. Sie war seine Klaßleiterin gewesen, besaß aber auch das seltene Talent, ehemalige Schüler im späteren Leben wie Erwachsene zu behandeln.

Ihre Ehe mit George war eine jener berühmten »Fehlentscheidungen«, die sich im Laufe der Jahre als großer Erfolg erweisen. George war ein schweigsamer, konservativer Mensch; er nahm alles ernst. Auf dem College hatte er Football gespielt, todernst und zielbewußt, so daß man ihm den Spitznamen »Cox, die lebende Mauer« gegeben hatte. Und auf der Universität hatte er schon die ersten Semester, die das Hauptgewicht auf das Studium der Anatomie legen, so ernst genommen, daß er sich geradezu verbissen mit Leichen und Skeletten befaßte. Als er sich dann auf das Spezialgebiet Gerichtsmedizin verlegte, war das nur die logische Konsequenz gewesen.

Im Lauf der Jahre war George der geblieben, der er war: ein peinlich genauer Labortechniker, ein loyaler Republikaner und ein Mann, den man niemals auch nur mit geöffnetem Kragenknopf in der Öffentlichkeit gesehen hatte. Sophie war ebenfalls Sophie geblieben: eine Frau mit dem Duft und dem Zauber von Feldblumen, die alle Menschen für sich gewann, ohne sich zu verändern. Ihre Menschenfreundlichkeit schien aus einem uner-schöpflichen Quell zu stammen.

Die Coxes waren längst nicht mehr jung, und George war im Grunde niemals richtig jung gewesen; jetzt flochten sie hier und da den Gedanken in ihre Gespräche ein, daß George sich ir-gendwann einmal pensionieren lassen würde.

Trout fand, daß sie ein beneidenswertes Paar waren.

Er wählte die Nummer in Bangor – ohne Erfolg. Eigentlich untypisch, daß George mitten in der Arbeit an einem Fall verrei-ste. Zumindest hätte Trout einen ordentlich getippten Vorbe-richt erwartet, in dreifacher Ausfertigung. Daraus schloß Trout, daß die Reise in unmittelbarem Zusammenhang mit der Unter-suchung stehen mußte – Cox war zu methodisch und pedan-tisch, als daß er aus irgendeinem anderen Grund verreist wäre.

Trout schaltete das Licht in seinem Büro aus und zog die Tür hinter sich zu. Draußen blieb er noch kurz am Schreibtisch ste-hen, wo Homer saß und perfekte Rauchringe in die Luft blies. »Wenn Sie Agronski sehen, sagen Sie ihm, daß ich morgen früh nach Boston fliege.«

»Vergnügungsreise auf Staatskosten, wie, Boss?« scherzte Homer in einer von Trout zutiefst mißbilligten Kameraderie. Er schrumpfte buchstäblich unter dem Blick seines Vorgesetzten und verschluckte hustend den nächsten noch ungeborenen Rauchring. Trout verließ ohne ein weiteres Wort die Polizeista-tion.

Als er sich hinter das Lenkrad des Alfa setzte, fiel sein Blick wieder einmal auf das Gebäude mit den dürftigen Büros und den primitiven Haftzellen. Nicht zum ersten Mal dachte er, daß die einen und die anderen eigentlich austauschbar waren. Dann seufzte er, stellte resignierend fest, daß das Rechteck seines Bürofenster wieder hell geworden war, und fuhr nach Hause.

»Du bist spät dran«, sagte Enid ohne Tadel.

Trout wußte, daß sie keine Entschuldigung erwartete und daß sie die Bemerkung nur gemacht hatte, um auszuloten, ob er den Grund dafür in Anwesenheit der Kinder erwähnen konnte.

»Ich bin aufgehalten worden.« Dankbar nahm er die Bierdose entgegen, die sie ihm reichte. »Und morgen muß ich nach Boston fliegen, um Eve Galateas Anwalt zu sprechen.« Die Ankündigung war für die Kinder gedacht; das Gespräch darüber wurde auf einen späteren Termin verschoben.

Die Mädchen zeigten milde Neugier, die rasch befriedigt wurde; dann sprach man über wichtigere Dinge: das baldige Ende des Sommers, das gleichbedeutend mit dem Ende der Ferien war, die neuen Kleider, die sie zum Schulanfang bekommen würden, und die Tragödie von Jenny Atwoods Freund, der mit seiner Familie zurück nach New York mußte.

Die Kinder gingen ohne Murren früh zu Bett. Enid hatte noch eine Weile in der Küche zu tun, dann kam sie zu Trout herüber und sagte: »Ich mache das Nest, und du brütest.« Sie lächelte ihn an und setzte sich mit dem Strickzeug neben ihn.

»Was strickst du da?«

»Einen Pullover für Sophie. Du hast mich darauf gebracht, als du mir ihre Grüße bestellt hast. Ich habe sie seit Monaten nicht gesehen.«

»Verdammt – ich möchte wissen, wieso George so sang- und klanglos nach Bangor gefahren ist. Vielleicht kann ich ihn jetzt dort erreichen.« Trout wählte wieder die Nummer, die ihm Sophie gegeben hatte, ließ es zehnmal klingeln und legte dann den Hörer auf.

»Was erwartest du dir von dem Besuch in Boston?« fragte Enid schließlich.

»Ich wollte, ich wüßte es. Ich werde versuchen, mir etwas mehr Klarheit über sie zu verschaffen.« Er sah, wie sich Enids Lippen spöttisch verzogen, und fügte rasch hinzu: »Ja, ich weiß, wann und wo sie geboren wurde; ich kenne die Namen ihrer Eltern und deren Sterbedaten; ich weiß, wann sie nach Boston gezogen ist – aber darüber hinaus weiß ich fast gar nichts. Selbst wenn ich den Bericht des FBI und meine Gespräche mit ihr hinzunehme, könnte ich mit den Fakten kaum eine Karteikarte füllen. Es muß doch noch mehr geben, was ich in Erfahrung bringen kann.«

»Und wie soll dir das bei deinem Fall helfen?«

»Ich muß verstehen, warum sie getötet wurde, bevor ich mir die Frage stelle, wer dafür als Täter in Frage kommt. Ich muß wissen, warum sie jemand so sehr gehaßt – oder so sehr geliebt hat, um eine solche Tat zu begehen.«

»Und die Sekretärin hast du von der Liste gestrichen?«

»Nein. Solange ich kein besseres Motiv für den Mord kenne, ist sie die einzige, die ich der Tat verdächtige.«

»Und du hoffst, daß du sie von diesem Verdacht befreien kannst?«

»Ja.« Trout ließ eine Pause entstehen und sagte dann: »Nein« – so heftig, daß es ihn selbst überraschte.

Kapitel
7

Etwa zwölf Meilen landeinwärts von Fells Harbor gab es eine Landepiste für kleinere Fracht- und Privatflugzeuge. Natürlich flog keine der großen Fluglinien den Flugplatz an. Er war im Zweiten Weltkrieg gebaut worden, im Rahmen des Schutz- und Abwehrprogramms für die Ostküste. Trout hatte sich mit dem Piloten von einer der Frachtmaschinen verabredet; er verfluchte sich selbst und sein Polizeibudget, denn alles, was kleiner war als eine DC-10, ließ ihn an seine beschränkten Mittel, vor allem aber an die zu erwartende Übelkeit denken.

Er kannte den Piloten – ein Cowboy der Lüfte namens Hank Geroux, Nachkomme einer der unzähligen franko-kanadischen Familien, die im Lauf der Jahrhunderte über die Grenze nach Maine hereingesickert waren und den Norden des Staates zweisprachig machten.

»Also, ich fliege ungefähr um sieben Uhr heute abend vom Logan-Airport zurück. Ich melde den Flug gleich nach der Landung beim Tower an, aber die Abflugzeit ist natürlich nur die ungefähre, da man auf die großen Verkehrsmaschinen Rücksicht nehmen muß. Wenn Sie nicht da sind, nehme ich an, daß Sie Ihre Pläne geändert haben.«

»Ja. Aber ich werde da sein«, sagte Trout durch die zusammengebissenen Zähne. »Sie brauchen übrigens keine wilden Manöver zu unternehmen, um mich zu beeindrucken – fliegen

Sie möglichst geradeaus und in ein und derselben Höhe.«

Geroux kicherte und bot Trout an, die Maschine zu übernehmen. Trout wurde bleich, gab aber keine Antwort. Er hoffte inständig, daß die Maschine waagrecht blieb und seinen Magen nicht zu Vertikalbewegungen anregte.

»Was für eine Fracht haben wir geladen?« fragte Trout in der Erwartung, daß ein Monolog des Piloten ihn von seiner Übelkeit ablenken würde.

»Überwiegend Hummern«, lautete die Antwort.

Trout schaute hinunter auf das sonnenglänzende Wasser, das ihm wie ein Ozean aus geschmolzener Butter vorkam.

»Verdammt«, zischte Geroux, als er sah, wie heftig sich Trouts Adamsapfel auf und ab bewegte. »Unter Ihrem Sitz ist ein Beutel. Holen Sie ihn raus – und machen Sie schnell!«

Trout spülte sich wiederholt den Mund aus, an einem Waschbecken in der Herrentoilette des Flughafens. Dann wusch er sich das Gesicht und die Hände und verfluchte die braunen Papierhandtücher. Nachdem er seine Krawatte wieder festgebunden und sich eine Rolle Pfefferminz gekauft hatte, fühlte er sich wieder fit genug, um in die Affäre von Eve Galatea einzutauchen. Während er im Taxi saß – eine Extravaganz angesichts der Strecke, die er zurücklegen mußte –, kam ihm wieder der Gedanke, daß das Büro des Anwalts von Eve Galatea in einer sehr merkwürdigen Gegend untergebracht war. Es befand sich nämlich nicht, wie man erwartet hätte, im Geschäftszentrum von Boston, ja es war eigentlich gar nicht in Boston, sondern im Vorort Arlington.

Nun war Arlington zwar ein Vorort von Boston, aber alles andere als vorstädtisch. Hier wohnten Arbeiter und Angestellte der Mittelschicht, dazu gab es einzelne Viertel mit italienischer, irischer, griechischer und orientalischer Bevölkerung. Die Schwarzen freilich waren entweder nicht vorhanden oder unsichtbar. Die Gegend erinnerte an entsprechende Viertel in den älteren und größeren Städten – jedenfalls nicht unbedingt der geeignete Ort für eine Anwaltspraxis, die eine Eve Galatea zur Klientin zählte.

Das Taxi hielt vor einer Ladenfront mit weiß bemalten Fenstern, auf denen in abgeblätterten goldenen Lettern der Name »Edward J. Flaherty« und in neueren, blanken Buchstaben der Name »Paul M. Flaherty« prangten; darunter befand sich eine ausgebleichte Goldschrift: »Rechtsanwalt«. Trout entging nicht der ökonomische Singular, während er die Tür aufstieß.

Auf der Innenseite war das ehemalige Schaufenster ein großer Blumenkasten, in dem eine Vielfalt von Grünpflanzen wucherte; dazwischen standen gerahmte Plakate mit Hinweisen, wie man sein Geld anlegen konnte. Den Boden bedeckte ein dunkelgrüner Teppich, der Trout an eine Armeedecke erinnerte. Und die Wände waren mit billigen Tapeten bepflastert, wie man sie in den Wohnungen der unteren Mittelklasse in den fünfziger Jahren bevorzugte.

Ein insgesamt recht trübseliger Raum und offenbar genau der passende Rahmen für den jungen Mann, der hinter einem der drei Schreibtische saß. Ansonsten befand sich niemand im Büro.

»Hallo, wie geht's?« Das klang wie ein einziges Wort, während der Mann seinen Arm vorstreckte. Trout ergriff die allzu spontan gereichte Hand, schüttelte sie und stöhnte innerlich, als die dröhnende Stimme fortfuhr: »Was kann ich für Sie tun?« Wieder so, als sei es ein einziges Wort.

»Sind Sie Paul Flaherty?«

»Yessir.«

Trout zog seine Hand zurück und stellte sich vor. »Trout. Der Sheriff des Halesport Countys in Maine«, fügte er hinzu, während der Anwalt ihn fragend anstarrte.

Nach ein paar Sekunden zeigte Flahertys Gesicht deutliches Bedauern darüber, daß mit diesem Besucher wohl kein gewinnbringendes Geschäft zu machen war. Trout betrachtete die neuen Falten, die sich um Flahertys Augen und Mund gebildet hatten. Auf den ersten Blick hatte er Flaherty für einen Neuling in der Anwaltspraxis gehalten: einen Mann Mitte Zwanzig, über dessen Babygesicht ein wilder Haarschopf wuchs. Aber dann sah Trout doch, daß er wohl zehn Jahre älter sein mußte. Seine Schultern waren zu breit für das Sakko von der Stange, das er trug.

»Yessir – was kann ich für Sie tun?«

»Waren Sie mit der Wahrung der Interessen von Eve Galatea befaßt?«

Flaherty gestattete sich ein lüsternes Grinsen. »Wer sonst? Der alte Herr kommt nur noch selten her, und . . .« Er überlegte sich, ob Trout sich mit seinem Vornamen vorgestellt hatte, und da er sich nicht daran erinnern konnte, geriet er ein wenig aus dem Tritt. Flaherty war offenbar einer jener Menschen, die alle Satzzeichen aus ihrer Rede verbannten und zur Interpunktion statt dessen den Vornamen des jeweiligen Gesprächspartners benützten. »Ja, wissen Sie – er schafft es nicht mehr. Ich sag' ihm schon seit langem, er soll sich doch zurückziehen, aber als Anwalt kommt er sich in dieser Gegend wie etwas Besonderes vor. Sie wissen ja, wie es so ist – äh –«

Trout bestätigte es ihm, wenngleich ziemlich brüsk, um die Bemühungen des anderen, eine gewisse kameradschaftliche Intimität herzustellen, im Keim zu ersticken. Er konnte derartige Anbiederungsmanöver auf den Tod nicht ausstehen.

»Wie ist Miss Galatea zu Ihnen gekommen?«

»Mit dem Taxi.« Er schien stolz zu sein auf seine Schlagfertigkeit. »Ich hab' sie gefragt, wer mich ihr empfohlen hat. Wissen Sie, ich war neugierig, wollte wissen, ob ich jemanden kannte, der eine Frau wie sie kannte.« Er ließ Trout ein paar Sekunden Zeit, sich den Sinn auszuklamüsern. »Sie hat gesagt, sie hat meine Adresse aus der Zeitung . . . Wissen Sie, heutzutage dürfen endlich auch Anwälte inserieren. Wir haben eine kleine Anzeige im *Herald American*. Meine Frau hat sie entworfen – sie sieht sehr würdevoll aus. Die Anzeige, natürlich.«

»Welche Angelegenheiten haben Sie im Auftrag von Miss Galatea übernommen?« Trout steuerte das Gespräch abrupt vom Thema Ehefrau weg und fürchtete schon, der Anwalt würde jetzt mit Kindern oder anderen Verwandten fortfahren.

»Nur das Testament. Eine komische Sache. Sie hatte ein beträchtliches Vermögen. Mehr als Sie und ich je auf einem Haufen sehen werden.« Flaherty hätte nur noch zu zwinkern brauchen, und Trout wäre an die Decke gefahren. »Aber wissen Sie«, mit wachsender Vertraulichkeit, »ich rechne nicht damit, mein

Geld mit der Anwaltspraxis zu machen – nee . . .« Trout war erleichtert, das zu erfahren. »Ich investiere in Immobilien. Besitze bereits drei Zweifamilienhäuser und habe zur Zeit ein Angebot für dieses Haus hier, das Teil eines größeren Projekts werden soll. Immobilien ist das einzige, womit man heute noch Geld machen kann.« Flaherty deutete auf das Schild »Notariat« auf einem der Schreibtische. »Das war meine beste Investition. Sie würden nicht glauben, wie viele Informationen ich auf diese Weise erhalte – über das, was verkauft wird und was man verkaufen kann. Nur durch die Leute, die hierherkommen, um irgend etwas notariell beglaubigen zu lassen.« Er lehnte sich in seinem Sessel zurück, die Arme ausgebreitet. Dann verschränkte er die Hände über dem bereits etwas rundlichen Bauch. In dieser Stellung erinnerte er Trout an einen allzusehr ins Kraut geschossenen Peter Pan. Der Sheriff wartete eine Minute in der sicheren Erwartung, daß dieser Gockel als nächstes wohl noch krähen würde.

»Was war daran so komisch?«

»Äh. Ach so. Wie gesagt, es ging um eine Menge Geld, bares Geld. Bankkonten und so. Dabei wissen wir doch«, und diesmal blinzelte er wirklich, »daß Leute mit Geld ihr Vermögen nicht einfach auf ein Konto legen. Gerade die sind es meistens, die sich dann Geld leihen müssen, weil sie gerade nichts flüssig haben. Durch die lächerlichen Zinsen der Bank kann man nicht reich werden.«

»Aber Sie werden reich durch Mieten, nicht wahr?«

»Das stimmt!« Flaherty strahlte wie ein Lehrer über einen gelehrigen Schüler. »Sie hatte jedenfalls keine Aktien, keine Hypotheken und keine Anleihen. Ich fragte sie, wer früher ihre finanziellen Interessen vertreten hat. Sie wissen ja, wie Frauen so sind. Ich dachte, vielleicht hat sie doch irgendwelche Wertpapiere, an die sie sich momentan nicht erinnert. Aber sie sagte, sie hätte nie zuvor einen Anwalt oder Vermögensberater gehabt. Können Sie sich so was vorstellen? Sie war wirklich seltsam.«

»In welcher Weise?«

»Das kann ich nicht sagen«, erwiderte er, und dabei errötete er, als erinnere er sich an etwas Unangenehmes.

»Sie haben versucht, bei ihr zu landen, wie?« fragte Trout mißtrauisch.

»Ach, das kann man nicht grade sagen. Verdammt, ich hab' ja gewußt, daß sie nicht meine Schuhgröße war. Ich hab' sie nur zum Lunch eingeladen. Zu ›Anthony‹, am Pier.« Er war verletzt, daß man seine Großzügigkeit nicht entsprechend gewürdigt hatte. »Das ist doch nichts Besonderes zwischen einem Anwalt und seiner Klientin.« Jetzt plädierte er in eigenem Interesse. »So, wie sie reagierte, hätte man denken können, ich wäre nur Dreck in ihren Augen. Und ich fürchtete schon, sie würde sich jetzt an einen anderen Anwalt wenden. Dabei hätte das der Beginn einer sehr lukrativen Freundschaft sein können.« Trout konnte sich gut den inneren Kampf vorstellen, der entstanden sein mußte zwischen Flahertys haarigem Ego und seiner nackten Geldgier. »Wenn ich gewußt hätte, daß sie so bald sterben würde, hätte ich dem Luder gesagt, was sie mit ihrem verdammten Testament machen soll.«

Trout erhob sich abrupt und verließ das Büro, wobei er einen völlig verdutzten Flaherty zurückließ. Dabei ging es ihm weniger darum, daß er diesen Typ verachtete, obwohl auch das der Fall war, sondern daß er fürchtete, Flaherty würde ihm zum Abschied einen Klaps auf den Hintern geben, sozusagen von einem Sportsfreund zum anderen – und Trout wollte vermeiden, diesen Winkeladvokaten zusammenschlagen zu müssen.

Warum hatte sich Eve Galatea ausgerechnet einen solchen Anwalt ausgesucht? Sie mußte es absichtlich getan haben, denn Trout wußte, daß sie sich grundsätzlich nur mit dem zufriedengab, was sie sich wünschte. Während der Taxifahrt zu ihrem Haus dachte er unaufhörlich über dieses neue Rätsel nach.

Das Taxi brachte ihn zu der U-förmigen Auffahrt und hielt unter dem Vordach, das die Bewohner des Hauses vor den Unbilden der Witterung schützen sollte. Der Vordereingang war geschlossen, und an der Glastür befand sich ein Metallschild, das die Besucher anwies, den daneben befindlichen Knopf zu drücken, falls der Portier gerade nicht anwesend sein sollte. Die Mitteilung war wenigstens zu diesem Zeitpunkt überflüssig, da ein braun Uniformierter bereits auf die Glastür zukam. Obwohl es sich um einen Mann jenseits der Fünfzig handelte, war Trout davon überzeugt, daß er angesichts seines athletischen Körperbaus durchaus den Anforderungen seines Jobs gewachsen sein dürfte.

»Darf ich Ihnen behilflich sein, Sir?« ertönte es aus der Lautsprecherbox oberhalb der Tür.

Trout hegte eine Abneigung gegen Leute, die das Wort »darf« verwenden, wo normale Sterbliche »kann« sagen.

Er machte sich und seine Absicht bekannt und zeigte dann aufgrund des höflichen, aber bestimmten Wunsches des Portiers seinen Dienstausweis. Daraufhin wurde er eingelassen. Er unterdrückte das Gefühl von Dankbarkeit, das er in solchen Augenblicken gegenüber seinem Beruf empfand.

»Ich möchte Ihnen ein paar Fragen über eine ehemalige Mieterin stellen. Haben Sie Zeit für mich?«

»Darf ich Ihren Ausweis noch einmal sehen?« Trout reichte ihm die in Plastik geschweißte Karte, die daraufhin noch einmal genauer beäugt wurde. »Nicht, daß Sie glauben, ich will mich querlegen. Ich will nur genau wissen, mit wem ich es zu tun habe. Wissen Sie, ich habe schon so manchen falschen Ausweis in den Händen gehabt und bin nicht befugt, irgendwelchen Privatdetektiven Auskunft zu geben. Ich bin hier, um die Hausbewohner so gut wie möglich zu schützen. Vor Schwindlern, Privatdetektiven und Einbrechern. Und, glauben Sie mir, ich bin sehr gründlich bei meiner Arbeit. Aber falls sich die Notwendigkeit ergibt, bin ich selbstverständlich bereit, mit der Polizei zusammenzuarbeiten. Stellen Sie also Ihre Fragen, und ich werde sie beantworten – wenn ich kann.«

Trout verstand die Haltung des Portiers. »Ich bin wegen Eve Galatea hier.«

Der Mann zog die Stirn in Falten, dann wurden seine Züge wieder glatt und ehern. »Sie sagten, es geht um eine *ehemalige* Mieterin.«

»Sie ist ermordet worden.«

Jetzt bewegte sich der große Kopf langsam von der einen auf die andere Seite. Das war nicht unbedingt der Ausdruck eines Schocks, aber vielleicht so etwas wie Entsetzen über die heutigen Zustände oder die Schutzlosigkeit seiner Schützlinge, wenn sie sich außerhalb seiner Obhut befanden. »Was kann ich Ihnen dazu sagen?«

»Fangen wir an mit Ihrem Namen.«

»Harry Mueller.«

»Seit wann arbeiten Sie hier?«

»Zwölf Jahre. Früher war ich Hafenarbeiter.« Er schüttelte immer wieder den wuchtigen Kopf. »Ich bin jedenfalls schon hier gewesen, bevor Eve Galatea hier eingezogen ist.«

»Wurden Sie nicht vor einigen Wochen vom FBI befragt?«

Er nickte. »Der Mann hat mir alles mögliche über nationale Sicherheit erzählt, und daß sie sich für einen Regierungsposten beworben hätte. Dabei hab' ich genau gewußt, daß sie sich in diesem Fall nicht bei einem Portier erkundigt hätten. Der Bursche war nicht gerade überwältigend schlau. Genauer gesagt, ich dachte, er ist ein bißchen beschränkt. Er stellte mir einen Haufen Fragen, wer sie besucht und wer bei ihr anruft, dann redete er über politische Diskussionen, ob wir welche geführt hätten, und zuletzt kam er auch noch auf Rauschgift zu sprechen. Dabei wollte er etwas ganz anderes wissen.«

Trout dachte: Gleich spuckt er aus, um seine Meinung über das FBI zu unterstreichen.

»Ich habe seine Fragen ganz ruhig beantwortet, obwohl ich ganz genau gewußt habe, daß er lügt. Abgesehen davon hätte ich auch gar nichts sagen können, was ihr geschadet hätte. Ich teilte ihm mit, daß sie keine Besucher gehabt hätte. Und das ist die Wahrheit, soweit ich das beurteilen kann. Worum ist es denn gegangen – oder verstößt das auch schon wieder gegen die nationale Sicherheit?« Jetzt war wieder deutlich seine Verachtung zu hören.

»Lesen Sie denn keine Zeitungen?«

»Wenn Sie's genau wissen wollen: nein. Ist doch nur Zeitverschwendung.« Mueller ließ eine Pause entstehen, und als er dann wieder zu sprechen begann, war seine Stimme rauh – wie nach dem Aufwachen, dachte Trout. »Früher hab' ich mich über das, was in den Zeitungen steht, furchtbar aufgeregt. Ich hielt Informationen für eine Waffe – um Zustände zu ändern, die nicht so sind, wie sie sein sollen. Es hat eine ganze Weile gedauert, bis ich begriffen habe, daß man sehr wohl für die einen der Befreier und für die anderen ein Terrorist sein kann.«

Mueller drückte seine Philosophie mit deutlich gesetzten Worten aus. Während er sich überlegte, wie er seine Gedanken ergänzen sollte, und zwar in unmißverständlicher Weise, wurde Trout klar, daß das keine oft wiederholten Stammtischweisheiten waren.

»Wissen Sie, es war diese elende Manipulation, die mich zuletzt abgestoßen und angeekelt hat«, sagte er. »Eines Tages hab' ich in meiner Küche gesessen, die *New York Times,* den *Daily Worker* und den *National Observer* vor mir. Es war kein Experiment, das ich da machen wollte. Ich hab' oft meine Wochenenden mit Lektüre verbracht. Ich war hungrig nach Information. Ich wollte verstehen, wissen Sie.«

»Was wollten Sie verstehen?« fragte Trout.

»Hm? Ach so – die Wahrheit. Wahrheit macht frei, sagt man.« Jetzt stieß er ein dröhnendes Lachen aus. »Aber an dem Tag hat's mir gereicht. Ich habe, in keiner von den Zeitungen eine einzige Tatsache gefunden, sondern nichts als Meinungen. Also hab' ich meinen Beruf und meinen Posten bei der Gewerkschaft aufgegeben und diesen Job hier übernommen. Jetzt versuche ich, das Versäumte nachzuholen. Hier, sehen Sie!«

Trout folgte ihm um eine Ecke neben den Fahrstühlen in einen Alkoven, der mit einem Schreibtisch und einem Sessel ausgestattet war. Die Wand dahinter war von Büchern gesäumt. Literatur, wie Trout auf einen Blick feststellte, aus vergangenen Zeiten.

»Hier findet man zwar auch keine Fakten«, sagte Mueller und deutete auf das hohe Regal, »aber ich tröste mich mit den Funken von Wahrheit.« Dann entschuldigte er sich und brachte einen Sessel aus dem Foyer herüber, in dem es sich Trout danach bequem machte. Inzwischen war sich der Sheriff darüber klar geworden, daß ihm dieser Mueller sehr sympathisch war. Der Portier öffnete eine Schreibtischschublade und brachte einen Karton mit einem ordentlich verpackten Lunch zutage, bestand dann darauf, daß sie sich den Imbiß teilten. Das Essen wurde nur gelegentlich unterbrochen durch das Aufleuchten eines roten Lichts am Telefon. Mueller mußte dann rasch hinaus an die Tür, um einen Besucher oder einen Lieferanten einzulassen – oder einen Hausbewohner, der seine Schlüssel vergessen hatte.

Er versicherte Trout, daß Miss Galatea seines Wissens keinerlei Gäste empfangen hatte und daß er sie nie in der Gesellschaft anderer das Haus betreten oder verlassen sah. Es war ihm etwas merkwürdig vorgekommen, aber er hatte sich keine Gedanken darüber gemacht. Er dachte grundsätzlich nicht über das Privatleben der Mieter nach. Mueller und Miss Galatea hatten hier und da ein paar freundliche Worte getauscht – Gespräch konnte man das kaum nennen. Nein, ansonsten könne er kaum sagen, was er für einen Eindruck von ihr gehabt habe – nur einmal habe sie sich in seiner Abwesenheit ein Buch ausgeborgt und einen Zettel hinterlassen. Sie habe das Buch ein paar Tage später wieder zurückgebracht, ebenfalls in seiner Abwesenheit. Nein, er könne sich nicht erinnern, was das für ein Buch gewesen sei. Ob das wichtig sei? Dann, an Weihnachten, wenn er von den meisten Mietern einen Umschlag mit Geld bekam, hatte er ein Paket auf seinem Schreibtisch vorgefunden, auf dem »Von Eve Galatea« stand. Es war ein schöner Lederband mit Goldschnitt, und seitdem bringe er es nicht mehr fertig, sich die Werke der Weltliteratur in Taschenbuchausgaben zu kaufen. Natürlich könne sich Trout dieses Buch ansehen.

Trout hielt den Dünndruckband in Händen. Der Einband bestand aus feinem, dunkelgrünem Leder ohne Aufschrift. Dann betrachtete er den Rücken, auf dem in Golddruck der Titel stand: »Porträt einer Dame«. Trout hatte das Gefühl, als habe sich irgendwie ein Kreis geschlossen.

Trout versuchte, den Hausmeister zu erreichen – ohne Erfolg. Also entschloß er sich, erst einmal nach Eve Galateas direkten Nachbarn zu sehen.

In jedem Stockwerk befanden sich drei Wohnungen – ausgenommen das Parterre, welches das Foyer, Muellers Nebenraum und die Hausmeisterwohnung umfaßte. Trout fuhr mit dem Lift in den dritten Stock und klopfte an die Tür Nummer 301. Er wollte gerade noch einmal klopfen, als sich die Tür drei Zentimeter weit öffnete und ihn ein wäßrig-blaues Auge oberhalb der Sperrkette ernst anschaute.

»Ja?« knarrte eine Stimme. »Was wollen Sie?« Trout wußte nicht, ob die Stimme aus Angst oder aus Ärger so rauh klang – aber dann dachte er: wahrscheinlich keines von beiden, sondern eine Erkältung oder Nikotin und Alkohol.

»Ich möchte mit Ihnen über Ihre Nachbarin sprechen, Eve Galatea. Ich bin der Sheriff des Halesport Countys in Maine.« Er reichte seinen Dienstausweis den Fingern mit den rosa lakkierten Nägeln, die sich durch den jetzt etwas breiteren Spalt schoben. Dann verschwanden Hand und Auge für eine Weile, und anschließend hörte Trout, wie die Kette ausgehängt wurde. Als die Tür dann ganz aufging, stand Trout einer älteren Frau gegenüber, die mit Schmuck überladen war und das Haar bläulich gefärbt hatte. Sie trug ein blaues Kleid aus einem seidenartigen Stoff mit dreiviertellangen Ärmeln, damit man die vielen Armbänder und die goldene Armbanduhr besser sehen konnte. Auf ihrem breiten Busen ruhte eine Brosche mit blauen Steinen, und ihre Ohrläppchen waren heruntergezogen von schweren Ohrringen.

»Mueller hat Sie aber nicht angekündigt«, sagte sie vorwurfsvoll.

»Tut mir leid – ich glaube, ich habe ihm gar nicht gesagt, daß ich auf dem Weg nach oben war.«

»Na schön, kommen Sie rein.«

»Danke.« Trout warf einen Blick in sein Notizbuch. »Mrs. Lancaster.«

»Sie sind schon der zweite, der mir Fragen stellen möchte über diese Frau.« Jetzt wartete sie auf Trouts Reaktion.

»Sie meinen den FBI-Beamten?«

Mrs. Lancaster schaute sichtlich enttäuscht drein, als ob Trout ihren Zaubertrick verpatzt hätte. »Wenn Sie das alles schon wissen – wozu sind Sie dann überhaupt noch hier? Ich kann dem, was ich ihm sagte, nichts hinzufügen.«

»Miss Galatea ist ermordet worden.« Trout bedauerte sofort, angesichts des fortgeschrittenen Alters von Mrs. Lancaster die

Frau damit so brutal überfallen zu haben. Aber seine Sorge erwies sich als überflüssig.

»Was hat das mit mir zu tun?« fragte sie, ohne mit der Wimper zu zucken. Dann watschelte sie klirrend und klimpernd auf einen Sessel zu und lud Trout ein, sich ihr gegenüber niederzulassen.

»Nichts, davon bin ich überzeugt. Ich hatte nur gehofft, Sie würden mir ein bißchen über sie berichten können. Den Eindruck, den Sie von ihr gewonnen haben.«

»Da gibt es nichts zu berichten. Sie war kalt wie ein Fisch. Wissen Sie, ich kümmere mich nicht um die Angelegenheiten anderer und bin froh, wenn die anderen es ebenso halten, aber ein wenig Nachbarschaft gehört dennoch zum Leben in einer Hausgemeinschaft. Sie wissen schon: Kein Mensch ist eine Insel und so weiter.«

»Sie meinen, Miss Galatea hat sich nicht sehr nachbarlich verhalten?«

»Sehen Sie, zum Beispiel, kurz nachdem sie eingezogen ist, war mein Telefon kaputt. Diese neuen Apparate sind ja so störungsanfällig . . .« Sie beugte sich vertraulich nach vorn, als erwärme sie sich an diesem Thema. »Also ging ich hinüber und fragte sie, ob ich von ihr aus anrufen könne. Ja, noch etwas: Bevor sie die Tür öffnete, hat sie alle Lichter in ihrer Wohnung ausgeschaltet, um vorzutäuschen, daß sie sich hingelegt hätte. Aber kein Mensch legt sich um sieben Uhr abends hin. Außerdem hatte ich zuvor das Licht unter ihrer Schwelle gesehen. Sie konnte mich nicht beschwindeln – sie wollte nur nicht, daß ich mich vielleicht bei ihr ein bißchen hinsetze. Ich glaube, es gibt nicht viele Leute, die ein solches Theater machen, nur damit sie der alten Dame von nebenan keine Tasse Tee anbieten müssen. Sie hat übrigens auch dann kein Licht angeschaltet, und es war so dunkel drinnen, daß ich mich an einem Tisch gestoßen habe.« Sie rieb sich in Erinnerung das Schienbein. »Während ich telefonierte, hat sie immer wieder laut gegähnt. Ich fand das ziemlich beleidigend. Das war übrigens das einzige Mal, daß ich mit ihr gesprochen habe. Wissen Sie: Wenn ich schlecht behandelt werden will, brauche ich nur die öffentlichen Verkehrsmittel zu benützen, aber ich erwarte wenigstens von den Leuten, mit denen man Wand an Wand lebt, ein bißchen Respekt und Höflichkeit. Ich zahle meine Miete wie jeder andere, und die ist nicht billig, das können Sie mir glauben.«

Trout genoß das Bild dieser alten Schachtel, die den Massenverkehr ebenso verachtete wie seine Benützer und vermutlich jedesmal, wenn sie Eve Galatea am Fahrstuhl begegnet war, indigniert geschnieft und sich abgewandt hatte.

Er stand auf, dankte ihr für ihr Entgegenkommen und wünschte ihr noch einen angenehmen Tag, als sie ihn am Ärmel berührte.

»Wo gehen Sie jetzt hin?« fragte sie.

»In die Wohnung dreihundertdrei.«

»Mrs. Dorris arbeitet tagsüber. Und es gibt keinen Mr. Dorris. Geschieden, sagt *sie*. Wer weiß. Ich weiß nur, daß der Junge noch nie von seinem Vater besucht worden ist.«

Trout antwortete nichts.

»Sie wollen doch wissen, wie zuverlässig Ihre Zeugen sind, oder?« fragte Mrs. Lancaster und lief allmählich rot an. »Nun, mit der werden Sie vermutlich nicht viel Freude haben.«

Trout bedankte sich noch einmal, diesmal etwas kurz angebunden, und wandte sich ab, während die Tür ins Schloß fiel. Er hörte, wie die Sperrkette wieder eingehängt wurde. Dann klopfte er an die Tür der Nummer 303. Hier gab es einen Türspion.

»Wer ist da, bitte?« fragte eine jüngere weibliche Stimme von drinnen.

Trout stellte sich vor und hielt den Dienstausweis vor den Spion. Seine Abscheu vor dem Leben in der Stadt verstärkte sich rasch. All diese lächerlichen Sicherheitsmaßnahmen, dazu die Menschen, die ganz dicht nebeneinander lebten, geradezu zusammengepfercht, und die doch nichts voneinander wissen wollten. Allmählich keimte in ihm so etwas wie Sympathie für Mrs. Lancaster.

»Haben Sie schon mal Windpocken gehabt?« rief die körperlose Stimme nach draußen.

»Ja«, erwiderte Trout.

Dann ging die Tür auf, und die junge Frau lächelte. »Dann kann ja nichts passieren.«

Ehe Trout eintrat, drehte er sich kurz um und sah, wie die gegenüberliegende Tür aufgegangen war, und wie wieder das blaßblaue Auge über der Sperrkette zu sehen war. Gleich danach wurde sie so rasch und geräuschlos geschlossen, daß Trout sich fragte, ob er es sich nicht nur eingebildet hatte.

Im Wohnzimmer war das Fernsehgerät eingeschaltet, und ein etwa fünfjähriger Junge lag auf einer Couch, verfolgte mit einem Auge das Programm und richtete das andere auf Trout, noch unentschlossen, was interessanter war.

»David hat Windpocken. Deshalb bin ich heute zu Hause geblieben«, erklärte die Frau. »Er kann in seinem Zustand natürlich nicht in die Schule, und meine Babysitterin kann ihn auch nicht übernehmen, weil sie bei mehreren Familien die Kinder betreut. Obwohl sie sie inzwischen wahrscheinlich ohnehin schon angesteckt hat.« Sie seufzte. »Ich weiß nicht, warum ich Ihnen das alles erzähle. Wahrscheinlich fühle ich mich schuldbewußt, weil ich nicht zur Arbeit gegangen bin.« Sie hemmte ihren Redefluß, um Trout die Chance zu geben, den Grund für seinen Besuch zu nennen.

»Ich möchte Ihnen ein paar Fragen über Eve Galatea stellen.«

Sie warf einen Blick auf den kleinen David, der sich offenbar zugunsten des Fremden entschieden hatte. Nachdem sie ihn in eine Decke gewickelt hatte, ging sie mit Trout hinüber zum Eßtisch, brachte zwei Tassen Kaffee aus der Küche, dann setzte sie sich zu ihm an den Tisch.

»Ich habe in der Zeitung gelesen, was mit ihr passiert ist«, sagte sie in gedämpftem Ton, wobei sie immer wieder hinüberschaute zur Couch. »Armes Ding. In dem Bericht hat etwas von einer gerichtlichen Voruntersuchung gestanden; sie soll als Zeugin aufgetreten sein.«

»Das stimmt. Und ich weiß nicht, ob ihr Tod damit zusammenhängt oder nicht. Aber genau das ist es, was ich herausfinden möchte.«

»Ich habe keine Ahnung, wie ich Ihnen da helfen soll. Meines Wissens war sie seit mindestens einem Monat nicht mehr hier in ihrer Wohnung. Das heißt, vielleicht war sie zwischendurch kurz hier, ich habe sie aber jedenfalls nicht gesehen. Und sie sagte, sie würde auf längere Zeit verreisen. Wir waren nicht gerade befreundet, also hat sie mir auch nicht geschrieben, wenn Sie das vielleicht gedacht haben.«

»Nein; ich wollte nur, daß Sie mir ein bißchen von ihr erzählen.«

' »Wissen Sie – ich verstehe das nicht.«

»Ich auch nicht. Ich habe sie ein paar Tage vor ihrem Tod kennengelernt, aus Gründen, die mit der Voruntersuchung in Zusammenhang standen. Und auch da ist sie mir ein Rätsel gewesen. Deshalb meine ich, wenn wir das Rätsel, das sie umgab, lösen können, dann finden wir auch den Täter. Es wäre zumindest eine Möglichkeit.«

»Ich weiß noch immer nicht, was ich Ihnen da erzählen soll«, sagte Mrs. Dorris nachdenklich und strich sich dazu mit den Händen über ihre Jeans.

»Nun, Mrs. Lancaster zum Beispiel hat Eve Galatea wie eine Trockeneisplastik beschrieben.«

»Ach, die!« Sie lachte. »Die ist eine alte Schnüfflerin. Schon einen Tag nachdem ich eingezogen war, ist sie herübergekommen unter irgendeinem Vorwand, um sich hier umzusehen. Ich glaube, sie wollte Aspirin ausborgen. Ich habe ihr das Küchenschränkchen gezeigt, wo ich die Medikamente aufbewahre, und bin dann rasch hinausgegangen – ich weiß nicht, ans Telefon oder so. Jedenfalls, als ich zurückkomme, steht sie doch da und schnüffelt in den Schubladen herum. Sie hat gesagt, daß sie ein Glas sucht – in der Schublade, ausgerechnet! Sie ist wahrscheinlich harmlos, aber ich bin froh, daß ich tagsüber nicht hier bin. Eve hatte meines Wissens keinen regelmäßigen Job und hat vermutlich gleich gemerkt, daß sie die Lancaster nicht mehr losbekommt, wenn sie nicht entsprechende Maßnahmen ergreift. Wissen Sie – man kann es ihr nicht verdenken, wenn sie versucht hat, sich die Lancaster möglichst vom Hals zu halten.«

»Sie würden also Eve Galatea nicht als unfreundlich beschreiben?«

»Unfreundlich nicht. Sie war außerordentlich scheu, nehme ich an.« Scheuheit war ein Charakterzug, den Trout nicht unbedingt mit Eve Galatea in Verbindung brachte – er sah es eher als Hochnäsigkeit. »Warum sagen Sie das?«

»Ich weiß es nicht, ehrlich. Sie hat sehr zurückgezogen gelebt, aber nach einer Weile war sie doch recht freundlich und herzlich zu mir. Da fällt mir etwas ein.« Jetzt begann sie zu lächeln. »Als ich sie das erste Mal sah, das war morgens, als ich gerade zur Arbeit gegangen bin. Ich habe auf den Lift gewartet – warum, kann ich Ihnen nicht sagen, denn man kommt viel schneller über die Treppe hinunter – da ging ihre Tür auf. Sie hatte einen Bademantel an und bückte sich nach der Zeitung, als sie mich sah. Sie ist furchtbar erschrocken, daß ich sie im Bademantel gesehen habe, und hat die Tür zugemacht, ohne die Zeitung hereinzuholen. Ich glaube, sie war auch längere Zeit krank.«

»Warum glauben Sie das?«

»Sie war immer viel zu dick angezogen. Eltern tun das manchmal mit ihrem ersten Kind.« Sie schaute hinüber zu dem Jungen, der in einen Fieberschlaf gesunken war. »Sie wissen schon: Hut, ein Extrapullover, ein dicker Schal, und das mitten im Sommer. Und dann ihre Stimme. Sie war rauh, als ich sie zum ersten Mal hörte, ein rauhes Flüstern, ja. Ich vermute, sie hat etwas mit den Bronchien gehabt. Aber nach einer Weile hörte sie auf, sich wie ein Eskimo zu kleiden, und auch ihre Stimme klang klarer. Von da an ging sie öfters aus. Wahrscheinlich eine Kombination aus mehreren Dingen: Sie fühlte sich besser, sie hatte sich an das Leben hier gewöhnt, und nun konnte sie auch ihre Scheu überwinden. Aber über ihr Privatleben kann ich Ihnen gar nichts sagen. Ich habe sie nie mit einem ihrer Freunde oder mit Freundinnen gesehen.«

»Sie waren mir trotzdem eine große Hilfe«, sagte Trout und stand auf.

»Hoffentlich finden Sie raus, wer es getan hat. Ich habe Eve nicht besonders gut gekannt, aber ich habe sie gemocht.«

Als er draußen auf dem Gang stand, wünschte er noch ihrem Sohn gute Besserung. Und dann wurde er das Gefühl nicht los, daß ihn die Blicke aus den blaßblauen Augen von Nummer 301 verfolgten, bis er im Lift stand und sich die Türen geschlossen hatten.

Er traf Mueller unten im Foyer und erfuhr, daß die Frau des Hausmeisters inzwischen eingetroffen war.

Auf sein Klopfen öffnete ihm eine Frau mit verkniffenem Gesicht, das an eine Chargendarstellerin im Theater – Fach: keineswegs komische Alte – erinnerte, die Tür. Trotzt ihres gespitzten Mundes und der hängenden Schultern merkte Trout mit Erschrecken, daß sie kaum älter als Mrs. Dorris sein konnte. So wie sie die Arme dicht an den Seiten hielt und das Kinn auf die Brust sinken ließ, hatte man den Eindruck, als versuche sie, der übrigen Welt so wenig Angriffsfläche wie möglich zu bieten. Trout erklärte ihr den Grund seines Besuchs, und sie reagierte darauf so, als ob er sie auf unangenehmste Weise belästigte.

»Ich weiß sehr wenig über unsere Mieter. Darum kümmert sich mein Mann. Ich bin Krankenschwester und arbeite ganztags im Krankenhaus, außerdem habe ich noch einige private Pflichten, ganz zu schweigen von unserer Wohnung, die in Ordnung gehalten werden muß. Warum kommen Sie nicht wieder, wenn er zurück ist? Ich nehme an, er wird gegen acht hier sein.«

Trout lehnte sich gegen den Türrahmen. »Um acht bin ich bereits wieder in Maine.«

»Dann sprechen Sie doch mit Mueller. Dem entgeht nichts. Wissen Sie, er führt sich so gebieterisch auf, daß ich manchmal, wenn ich nach Hause komme, denke: Hoffentlich läßt er mich überhaupt rein. Natürlich habe ich meine Schlüssel, und er würde seinen Job verlieren – ich meine, so etwas kann er einfach nicht machen! –, aber er tut immer so erhaben und so – so von oben herab. Wenn ich ihn sehe, muß ich an Sankt Petrus an der Himmelspforte denken. Dabei soll er früher ein großer Organisator bei der Gewerkschaft gewesen sein! Man kann das ja kaum glauben; er redet manchmal kein einziges Wort. Sicher, er antwortet, wenn man ihn etwas fragt – aber weiter nichts.« Und als ob auch sie nicht an längere Gespräche gewöhnt wäre, schwieg sie atemlos.

»Ich habe bereits mit Mr. Mueller gesprochen.«

Jetzt schaute sie Trout wachsam und bedächtig an. »Hat er etwa gesagt, mein Mann könnte Ihnen etwas über Eve Galatea erzählen?«

»Ganz und gar nicht.« Trout tröstete sich mit dem Gedanken, daß er an diesem Tag nach jedem Verrückten eine vernünftige, sogar liebenswerte Person kennengelernt hatte. Jetzt war er versucht, das Schicksal daran zu erinnern, daß er noch einen von der letzteren Sorte gut hatte.

»Ich bin nicht viel zu Hause – das ist auch gar nicht möglich. Wir wollen Geld sparen, um die Anzahlung für ein eigenes Haus leisten zu können. Ich möchte eines Tages in Belmont wohnen, im eigenen Haus mit einem schönen, eingezäunten Vorgarten. Ist das ein so übertriebener Wunsch? Mein Mann ist hier ja nur der Sklave. Die Mieter behandeln uns wie den letzten Dreck; sie rufen ihn wegen lauter lächerlichen Kleinigkeiten, die er für sie erledigen muß. Es gibt Leute, die zwei, drei Wochen lang mit einem tropfenden Wasserhahn leben und sich dann plötzlich entscheiden, daß er während der Abendessenszeit repariert werden muß. Wenn seine Mutter nicht gerade krank wäre, dann wäre er jetzt sicher im Haus, um irgend jemandem die Vorhangstangen zu befestigen oder als Bote durch die Gegend zu rennen. Die meisten Mieter hier im Haus sind Frauen. Haben Sie das gewußt?« Sie wartete darauf, daß Trout die Bedeutung dessen voll erfaßte. »Mein Mann sagt, es ist wegen der strengen Sicherheitsvorschriften im Haus, aber ich bin ja nicht blöd. Er ist zufällig ein sehr gutaussehender Mann«, sagte sie in einer Mischung aus Besitzerstolz und Besorgnis. »Und ich bin den ganzen Tag weg. Natürlich findet jede eine gute Ausrede, um ihn in ihre Wohnung zu locken und ihm unmißverständliche Angebote zu machen. Wir müssen wirklich sehen, daß wir hier wegkommen.« Den letzten Satz sagte sie mit der Intonation einer Litanei. Trout erwartete fast, daß sie ihn in verstärktem Singsang wiederholen würde.

»Ich weiß nichts davon, daß Eve Galatea mit Ihrem Mann in irgendeiner Verbindung gestanden hätte oder mit einem der anderen Mieter. Das einzige, was mich momentan interessiert, ist ihre Wohnung.«

Sie war nicht überzeugt davon, verzichtete aber vorläufig darauf, ihr Lieblingsthema fortzusetzen. »Die Polizei von Boston hat bereits jemanden in ihre Wohnung geschickt, der sich ihre Papiere ansehen sollte.«

»Das weiß ich. Und mir geht es auch weniger um die Papiere. Ich möchte mir nur die Wohnung ansehen, in der sie gelebt hat.«

»Ich glaube, das geht«, sagte sie zögernd. »Sie nehmen doch nichts mit, oder? Ich hole den Schlüssel.« Dann erfolgte der nächste Ausbruch. »Ich möchte bloß wissen, wie wir die Wohnung neu vermieten sollen, solange dort noch ihr ganzes Zeug herumsteht.«

Trout nickte verständnisvoll; dann wandte sie sich um, um den Schlüssel zu holen. Als sie ihn ihm in die Hand drückte, schob sie wie ein Kind den Kopf nach vorn und flüsterte: »Wenn Sie was rausfinden, über meinen Mann, meine ich – sagen Sie mir das dann?«

Trout murmelte etwas Unverständliches, was sie als Zustimmung auffassen konnte, und sie zog daraufhin den dürren Hals zurück. Er floh zur Treppe, aus Angst, sie könnte ihm zum Lift folgen und ihm beim Warten Gesellschaft leisten.

Seltsamerweise hatte er, als er im dritten Stock angekommen war, nicht das Gefühl, beobachtet zu werden. Er sperrte die Tür zu Eve Galateas Wohnung auf und stieß dann einen ungewöhnlich tiefen Seufzer der Erleichterung aus. Obwohl es noch Nachmittag war, lag der Wohnraum weitgehend im Dunkeln, so daß Trout das Licht einschaltete. Die plötzliche Helligkeit wirkte enttäuschend.

Er war sich nicht im klaren, was er erwartete – ein Porträt von Eve über dem Kamin, eine Ming-Vase in einer Ecke, einen Sekretär mit Patina, der die Sorgfalt vieler Generationen von Galateas zur Schau stellte ... Statt dessen fand er einen eher spartanisch möblierten Raum mit geradezu blendend weißen Wänden. Die Wände freilich wiesen wenigstens etwas Schmuck auf. An der größten weißen Fläche hing ein riesiges Gemälde in einem einfachen Metallrahmen. Es zeigte alle möglichen Formen, war aber dennoch nicht das, was sich Trout unter einem abstrakten Bild vorstellte. Immerhin wies es Dimensionen und Schatten auf. Trout widerstand dem Bedürfnis, seine Oberfläche zu berühren. An der gegenüberliegenden Wand hing eine Gruppe von vier Lithographien, wobei jede einen Titel trug: die Faulheit, die Völlerei, die Unzucht und der Neid. Trout fragte sich, was aus den übrigen drei Todsünden geworden sein mochte. Einen Augenblick lang versuchte er, sie sich ins Gedächtnis zu rufen, aber ihm fiel nur noch der Stolz ein. Objektiv mußte er zugeben, daß es meisterhafte Arbeiten waren, dennoch mochte er sie ganz und gar nicht leiden.

Die Gestalten waren verzerrt und deformiert, mit hervorquellenden Augen und übergroßen Mündern und Händen, dazu Hakennasen oder tierähnliche Schnauzen. Ganz besonders verabscheute er die Völlerei, die ein ungeheuer fettes Trio aus Mann, Frau und Hund zeigte, die sich, noch immer unersättlich, inmitten der Überreste eines gewaltigen Mahles gegenseitig fütterten.

Diese Bilder und der große Wandteppich an der anderen Wand waren die einzige Zierde des Raums. In der Nähe der Tür stand ein länglicher, schmaler Tisch mit einer Standuhr, die abgelaufen war, und einer Lackdose, in der ein Zettel von der Reinigung lag. Dieser Zettel war der einzige Hinweis darauf, daß in dieser verfeinerten Atmosphäre so etwas wie Leben geherrscht haben mochte. Der Rest der Einrichtung bestand aus einem dreisitzigen, grau überzogenen Sofa in der Mitte des Raums, mit einer Messingstehlampe daneben und einem kleinen Beistelltischchen auf der anderen Seite.

Enid hätte ihn vermutlich einen Raum mit Modellcharakter genannt. In Trouts Augen wirkte es unfertig und unfreundlich, wie der Vorraum einer kleinen, aber vornehmen Kunstgalerie.

Er ging daran, die drei anderen Räume zu inspizieren. Die Küche war gut eingerichtet, wenngleich ziemlich klein; es gab gerade genug Platz für einen winzigen Tisch und einen Stuhl mit hoher unbequemer Lehne. Trout öffnete ein paar Schranktüren, hinter denen er die üblichen Küchengeräte, aber auch etwas ausgefallenere Konserven und Lebensmittel entdeckte. Auf einem der Regale stand ein Glas mit Safranpulver; dabei erinnerte er sich an seinen erfolglosen Versuch, selbst Safran zu ziehen, für Enids unvergleichliche Bouillabaisse.

Jetzt sah er Enid vor sich, wie er sie am Morgen verlassen hatte: in einem kurzen Bademantel aus Frottee, mit nackten Füßen und zerwühltem Haar. Fast im selben Augenblick stellte er sich Eve vor, wie sie sich in dieser Wohnung bewegte. In seinen Gedanken sah sie vom frühen Morgen bis zum Schlafengehen immer gleich aus: perfekt frisiert, in ausgewählter Kleidung, makellos. Plötzlich fühlte Trout, daß er sich nach Enid sehnte.

Danach ging er in den Raum neben der Küche, der vermutlich bei den anderen Mietern als Eßzimmer diente. Dieser jedoch enthielt einen hochgepolsterten Sessel, eine Staffelei, Farbtuben und Pinsel und eine Reihe von Leinwänden – einige bemalt, andere jungfräulich. Auf dem Boden sah man Farbspuren. Dieser Raum hatte keine Vorhänge, nur nüchterne Jalousien. Zwei Aschenbecher waren am Überquellen: einer auf einem Fensterbrett, der andere auf der Armlehne des Sessels. Trout fragte sich, ob sie sich drüben in den anderen Räumen von der Unordnung hier drinnen erholte – oder ob sie hier herübergekommen war, um sich von der Sterilität der restlichen Wohnung zu erholen.

Das unvollendete Werk auf der Staffelei war ein Bild der gegenüberliegenden Fenster mit ihren ausgebleichten Jalousien. Als Trout es näher betrachtete, fiel ihm auf, daß hinter jedem der drei Fenster ein anderer Himmel zu sehen war: Morgen, Mittag und Abenddämmerung. Er fragte sich, ob sie jeweils zu verschiedenen Tagen an den verschiedenen Fenstern gearbeitet hatte. Und er fragte sich, ob das Bild etwas taugte.

Dann betrachtete er die anderen Leinwände. Es gab eine ganze Serie mit Darstellungen des Sessels. Einzelne Details: ein Teil der Rückenlehne, ein geschwungenes Bein. Daneben gab es einige klassische Stilleben. Er erkannte den Küchenstuhl als Basis für die Lackdose und ein Handtuch. Eve hatte zweifellos nach dem Leben gemalt, und dieser eine Raum schien soviel Leben zu liefern, wie sie malen wollte.

Vielleicht erklärte das ihre Vorliebe für Abgeschiedenheit. Und den Grund dafür, warum sie schließlich aus dieser Wohnung geflohen war. Wahrscheinlich einfach, weil es ihr an weiteren Themen gemangelt hatte.

Eine Leinwand erregte Trouts besondere Aufmerksamkeit. Sie unterschied sich vollkommen von den übrigen: ein Porträt. Ein Porträt eines Mannes, dachte er. Aber selbst das konnte man nicht mit Sicherheit sagen. Es war ein sehr unbestimmter, körperloser Kopf. Auf den ersten Blick hielt er es für den Beweis dafür, daß eine andere Person, ein Modell, hier in ihrem Atelier gewesen sein mußte. Aber im Gegensatz zu den anderen Werken wirkte es so vage, daß er sich dachte, sie könnte diese Person ebenso wie das Porträt auch aus der Erinnerung geschaffen haben – oder aus der freien Phantasie.

Dieses Porträt empfand er als ziemlich beunruhigend, aber da der Kopf nicht in der Lage war zu sprechen oder irgend etwas auszusagen, weigerte er sich, längere Zeit darauf zu verwenden. Er ging anschließend durch die Küche ins Schlafzimmer. Hier war die Einrichtung vergleichsweise luxuriös, aber dennoch herrschte der Eindruck einer asketischen Lebensweise vor.

In der Mitte stand ein riesiges Bett mit einer Kommode und einer Tischlampe auf der einen Seite. Die Fenster umrahmten schwere Vorhänge, und in einer der Ecken stand ein kleiner Sekretär. Zwei Wände waren mit Bücherregalen vollgestellt und mit den einzelnen Elementen einer teuren Stereoanlage. Außerdem gab es einen großen Garderobenschrank, in dem Kleider und Accessoirs hingen, und eine schmale Anrichte. Vom Schlafzimmer aus gelangte man ins Bad, das seinerseits wieder einen Zugang zum Wohnzimmer hatte.

Auch das Bad enthielt nichts, was ihn sonderlich interessierte. In den Hängeschränkchen befanden sich eine großzügige Auswahl von Toilettenartikeln und Make-up-Pinseln, eine Flasche Aspirin, ein Antiseptikum, Halstabletten und ein Fieberthermometer. Allmählich kam sich Trout wie ein Voyeur vor.

Er unterdrückte sein stärker werdendes Schuldgefühl und überprüfte den Inhalt der Schubladen im Schlafzimmer. Nichts als Kleidungsstücke. Jetzt blieb nur noch eines: die Schublade des Sekretärs. Er zog sie auf und fand ihren Reisepaß, die Geburtsurkunde, den Mietvertrag für die Wohnung, Schreibpapier, Füllhalter und Kugelschreiber. Er schob die Schublade wieder zu und setzte sich dann auf die Bettkante. Es gab kein einziges Foto, nichts, was an irgend jemanden erinnert hätte ...

Trout hörte Schritte im Wohnzimmer.

Er erstarrte und wartete, daß die Schritte näherkamen; jetzt befand sich die Person in der Küche, und Trout blickte so gebannt auf den schmalen Spalt der Tür, daß ihm die Tränen aus den Augen liefen.

Es war die Frau des Hausmeisters. Sie hatte sich umgezogen, trug jetzt eine Art Cocktailkleid und hatte zu viele Knöpfe daran offengelassen. Ihr Gesicht war dick mit Make-up verunstaltet, was ihr ein ordinäres und zugleich hageres Aussehen verlieh, und dabei roch sie so stark nach einem unangenehmen Parfüm, daß es ihn fast vom Bett gerissen hätte.

Das Bett! Er war einen Augenblick lang verwirrt, aber als sie vor ihm stand mit ihrem buntbemalten Lächeln, wollte er, sie hätte ihn in irgendeinem anderen Raum dieser Wohnung getroffen, auf einem anderen Möbelstück sitzend.

Die Sauce zur Gans, dachte er. Er sollte das Instrument der Rache sein für die Seitensprünge ihres Mannes, mochten sie nun wirklich oder nur eingebildet sein.

Geschmeidig wie eine Katze sprang er vom Bett auf, drückte ihr den Wohnungsschlüssel in die Hand und entwich buchstäblich in die Küche. »Sie kommen gerade recht – ich bin fertig. Sie haben mir die Mühe erspart. Vielen Dank«, rief er noch, während er aus der Tür hinaus auf den Korridor eilte.

Er blieb nicht stehen, bis er draußen auf der Merriweather Street stand, wo er glücklich aufatmete, trotz des heftigen Auspuffgestanks.

Etwa eineinhalb Stunden später tauchte Trout wieder an der Tür des Hauses Merriweather Nummer 404 auf, beladen mit Einkaufstüten. Er drückte auf den Knopf, und nach ein paar Sekunden kam Mueller in Sicht. Seine breiten Züge zeigten freudiges Wiedererkennen, als er Trout hereinbat. Trout schaute sich verstohlen um und ging dann wortlos voran in Muellers Alkoven.

»Ich mußte nur sichergehen, daß hier keine Furien herumlungern«, gestand Trout anstelle einer Erklärung. »Sie haben mich so großzügig zum Mittagessen eingeladen. Jetzt ist es mir ein Vergnügen, fürs Abendessen zu sorgen.« Damit zog er aus einer Tüte eine Flasche Zubrovka und packte dann einen Topf aus, der in Stoff und mehrere Lagen Zeitungspapier verpackt war. Dann nahm er das französische Stangenbrot aus dem Papier und arrangierte die Mahlzeit auf Muellers Schreibtisch.

Mueller schnupperte am Inhalt des Topfes.

»Bouillabaisse«, sagte Trout. »War übrigens nicht leicht zu bekommen. Erstens ist mir der Name des Restaurants nicht eingefallen, aber ich wußte, daß es irgendwo in der Nähe sein mußte. Dann versuchte ich die Leute davon zu überzeugen, daß ich den Topf zurückbringen würde. Normalerweise verkaufen sie nämlich nicht außer Haus. Nach langem Hin und Her habe ich Ihnen den Topf schließlich abgekauft – behalten Sie ihn als Geschenk.« Mueller brachte zwei Suppenteller und zwei Löffel zum Vorschein, dann die Gläser für den Wodka. Das Essen, die Getränke und die Umgebung waren perfekt. Trout verlieh dem Abendessen drei Sterne.

Kapitel
8

Trouts gute Stimmung, vielleicht auch die Wirkung des Alkohols, bewahrten ihn vor der Nervosität, die ihn beim Herflug befallen hatte. Er stellte sogar fest, daß er sich mit Hank Giroux immer besser verstand.

Er hatte eine zweite Flasche Zubrovka gekauft, die er dem bulligen Piloten schenkte. »Statt eines Dankschreibens«, sagte Trout. Giroux grinste, und Trout zuckte nicht einmal zusammen, als der Pilot einen tüchtigen Schluck aus der Flasche nahm, direkt vor dem Takeoff.

Als sie in der Luft waren, sang Giroux fast unaufhörlich. Er hatte eine klare, fröhliche Stimme, die die Kabine erfüllte. Die meisten Lieder waren französisch. Trout hatte bis dahin geglaubt, daß er diese Sprache recht gut beherrschte und auch gut verstehen konnte – immerhin hatte er auf dem College Französisch gelernt und sich auch in Übersee in dieser Sprache verständigt –, aber mit der kanadischen Abart hatte er seit jeher Schwierigkeiten.

Als Giroux zur Landung ansetzte, sangen sie gemeinsam, wenn auch nicht übermäßig harmonisch, den alten Schlager »Misty«.

Giroux versprach Trout zum Abschied, ihn in der Kunst des Fliegens zu unterrichten, während Trout mit ähnlicher Ernsthaftigkeit darauf bestand, Giroux einige Proben seiner diesjährigen Ernte zu liefern – Tomaten, Kürbisse, Gurken und Auberginen. Sie schüttelten sich die Hände, dann fuhr Trout vom Flugplatz weg mit guten Gefühlen über das männliche Geschlecht, das in der Lage war, zu teilen, ohne gleich alle Gefühle von innen nach außen zu kehren.

Frauen machten sich unablässig Gedanken über die Natur einer freundschaftlichen Beziehung; sie zupften und zerrten daran und suchten nach schwachen Punkten – das war es, was die Freundschaft mit Frauen so oft zerstörte. Trout jedenfalls war sehr zufrieden mit seiner Erkenntnis über die Beziehungen der Geschlechter.

Als er zu Hause ankam, hatte er leichte Kopfschmerzen, die seinen instinktiven Zorn wachriefen, als er im Dunkeln über ein Skateboard stolperte. Er erhob sich wieder und schaute sich nach dem Übeltäter um. Da er niemanden sah, hob er das Corpus delicti auf und trug es hinein ins Haus – mit spitzen Fingern, wie stinkendes Aas.

Enid saß auf der Couch und hatte die Beine unter sich verschränkt; dabei beschäftigte sie sich mit einem Kreuzworträtsel. »Hallo. Was ist ein Nebenprodukt, sechs Buchstaben, dritter Buchstabe ein F?« Sie blickte auf. »Oh – entschuldige. Bist du über das Ding gestolpert?«

»*Du* entschuldigst dich dafür?«

»Ich kann nicht lügen, das weißt du ja. Ich hab' das Ding heute nachmittag auf dem Gehweg ausprobiert. Ich glaube, ich habe vergessen, es danach wegzuräumen.« Sie senkte den Kopf und erwartete den Hieb des Scharfrichters.

»Wie ist es gegangen?«

»Nicht besonders. Aber ich werde üben. Ich verstehe immerhin, warum es den Kindern so viel Spaß macht. Ich hatte fast das Gefühl, als ob ich fliege.«

»Ich auch.«

»Es tut mir wirklich leid.«

»He, weißt du, daß mir der Rückflug gar nichts ausgemacht hat?« In seiner Stimme war deutlicher Stolz zu hören. »Giroux hat mir angeboten, mich im Fliegen zu unterrichten.«

»Findest du das nicht ein bißchen riskant?« fragte sie skeptisch.

»Es ist vermutlich für alle Beteiligten sicherer als deine Versuche mit dem Skateboard. Wie bist du auf die Idee gekommen?«

»Keine Ahnung. Wahrscheinlich das Gefühl, daß ich allmählich in die Jahre komme. Eine Art Rebellion.«

»Abfall.«

»Wie bitte?«

»Dein Nebenprodukt mit sechs Buchstaben.«

»Oh . . . Danke. Ja, das paßt. Du weißt immer mehr, als ich denke.«

»Soll das ein Kompliment sein?«

»Ich glaube, ja.«

»Also gut, ich nehme es als solches. Wo sind die Mädchen?«

»Oben.«

Nach ein paar Sekunden sagte Enid mit vorwurfsvoller Stimme: »Willst du mir nicht erzählen, was du in Boston gefunden hast?«

»Ich komme gleich wieder herunter. Geduld ist nicht gerade deine starke Seite.«

Er wollte eben die Treppe hinaufgehen, als Enid unwillkürlich »Oh!« sagte. Jetzt drehte er sich um. »Gilt das mir?«

»Ich fürchte, ja. Agronski hat heute nachmittag angerufen. Du sollst dich bei ihm melden, ganz gleich, wie spät du zurückkommst. Ich hätte es fast vergessen. Daran ist auch das Skateboard schuld.«

»Na, da bin ich aber neugierig, was unser Wichtigtuer jetzt schon wieder entdeckt hat.« Er wählte die Nummer und war eigentlich ohne jeden Grund bereits im voraus verärgert.

»Hallo?« kam die aufgeregte Stimme aus dem Hörer.

»Ich höre, Sie wollten mir etwas mitteilen.«

»Gott sei Dank, daß Sie anrufen, Sir. Ich dachte schon, ich könnte es nicht mehr länger für mich behalten.«

»Ich höre.«

»Ich glaube, ich kann jetzt sagen, wer Eve Galatea ermordet hat.«

Trouts ganzer Körper spannte sich an. »Weiter, verdammt!«

»Es war Nathan Adams.«

Einen Augenblick lang sagte Trout gar nichts, und auch Agronski schien erstarrt zu sein; jedenfalls war von ihm ebenfalls nichts zu hören. »Dreckskerl«, zischte Trout schließlich.

»Yessir.« Agronski hatte den Ausruf seines Chefs als Stichwort zum Weitermachen aufgefaßt. »Ich glaube, es bestehen kaum noch Zweifel. Sie erinnern sich an die zwei Sätze Fingerabdrücke, die ich in dem Motel von Eve Galateas Gegenständen genommen habe.« Allmählich steigerte er das Tempo, um seinen Verdruß zu überspielen. »Wir hatten natürlich angenommen, daß es sich dabei um die Abdrücke von Eve Galatea handelte. Heute morgen dachte ich, ich gebe sie der Form halber in den Computer ein. Ich wußte ja, daß die Galatea nicht erkennungsdienstlich erfaßt war, daher erwartete ich eigentlich nicht viel, aber dann erfuhr ich aus Augusta, daß es sich um die Abdrücke von Nathan Adams handelte.«

»Und wie viele Leute wissen, daß Adams noch am Leben ist?«

»Außer mir niemand, Sir. In Augusta hat man angenommen, daß ich noch ein paar Ermittlungen in diesem Selbstmordfall einhole. Ich habe es dabei belassen. Ich wollte erst einmal warten, bis Sie zurück sind, aber ich bin ziemlich nervös gewesen – ich meine, es wäre schrecklich, wenn er uns durch diese Verzögerung durch die Lappen gehen würde.«

»Ja. Aber entweder ist er abgehauen, nachdem er Eve Galatea

umgebracht hat, oder er fühlt sich sicher genug, um sich hier in der Gegend aufzuhalten und zu beobachten, wie wir uns zum Narren machen.«

»Werden Sie eine Fahndung einleiten?«

Trout zögerte, dann verneinte er sehr nachdrücklich. »Wir hatten eine Fahndung nach ihm laufen, ein ganzes Jahr lang, und es hat uns nichts eingebracht. Er soll lieber gar nicht wissen, daß wir der Selbstmordgeschichte nun nicht mehr glauben. Er soll ruhig denken, daß wir ihn für tot halten. Jedenfalls bis auf weiteres. Ich glaube, ich hole jetzt meine Pfeife und meine Geige heraus und überlege mir, wie wir ihm eine perfekte Falle stellen können.«

»Aber wenn er das Land verläßt? Wenn wir noch lange zuwarten, erwischen wir ihn vielleicht nie.«

»Seien Sie kein Idiot! Wenn er das Land hätte verlassen wollen, dann könnten wir schon jetzt lange nach ihm suchen – denn dann wäre er mindestens seit achtundvierzig Stunden weg. Vergessen Sie eines nicht: Wir haben es mit einem Unsichtbaren zu tun. Hören Sie«, fügte Trout dann ein wenig geduldiger hinzu, »dieser Mann hat uns ganz raffiniert einen Selbstmord vorgetäuscht. Warum? Damit wir ihn für tot halten. Und warum das? Damit wir nicht mehr nach ihm suchen. Und warum störte ihn das so sehr? Weil er nicht die Absicht hatte, das Land zu verlassen.«

»Sicher, Sir, so muß es richtig sein. Aber glauben Sie, daß wir eine Chance haben, ihn zu erwischen – ich meine wir, die Polizei dieses Countys?«

Trout wußte, daß Agronski alle Mühe hatte, seine Mißbilligung über die höchst unorthodoxe Entscheidung seines Vorgesetzten zu verbergen.

»Ich glaube, es besteht durchaus die Chance, daß er noch in der Nähe ist. Sein Ego hält ihn hier, bis die Sache ganz durchgespielt ist. Sein Ego – ja, das ist unsere einzige Hoffnung . . . . Sind Sie sicher, daß Sie noch mit niemandem darüber gesprochen haben?«

»Nicht einmal mit meiner Frau.«

»Gut.«

»Sir?«

»Ja?«

»Und was ist mit Homer?«

»Wenn wir den darüber informieren, wäre das ungefähr so, als wenn wir eine Anzeige in die Zeitung setzten.«

»Yessir.«

»Was er nicht weiß, kann uns nicht schaden. Okay, nutzen Sie Ihr Gehirn, aber versuchen Sie, Ihre Initiativen zu zügeln. Unternehmen Sie vor allem nichts, ohne mich zuvor zu fragen.«

Trout hielt den Hörer längere Zeit in der Hand, ehe er ihn auf die Gabel legte. Dann nahm er den Cognacschwenker, den ihm Enid reichte.

»Also ist Nathan Adams gesund und munter und wohnt in Fells Harbor – oder zumindest im Halesport County«, fügte sie hinzu.

»So sieht es aus«, sagte er düster.

»Und er hat Eve Galatea umgebracht?«

»Hervorragende Deduktion.« Trout beobachtete sie und fragte sich, was sie wohl denken mochte.

»Was soll das alles bedeuten?« fragte sie eine Spur zu fröhlich.

»Du weißt verdammt gut, was es bedeutet. Es bedeutet, daß sie mit ihm konspiriert hat, als es darum ging, seinen Selbstmord vorzutäuschen. Sie muß ihn also gekannt haben – wenn auch vielleicht nicht gut genug.«

»Das kannst du nicht behaupten. Vielleicht dachte sie, gesehen zu haben, was sie meldete.« Mit einiger Mühe spielte Enid den Advokaten des Teufels. »Sie hat nie behauptet, ihn tatsächlich springen gesehen zu haben, oder? Vielleicht hat er sie umgebracht, weil er – ich weiß es nicht –, weil er unsicher war. In Kriminalromanen werden immer wieder unschuldige Zeugen umgebracht, wegen Informationen, die sie gar nicht besitzen oder deren sie sich jedenfalls nicht bewußt sind. Er war dabei, seinen sogenannten Selbstmord in Szene zu setzen, und da platzt diese Frau mitten hinein. Sie nimmt an, er hätte sich umgebracht, aber in Wirklichkeit hat sie etwas gesehen, was das Gegenteil beweist – nur daß sie sich dessen nicht bewußt war.«

Trout überlegte einen Augenblick, dann hob er wieder den Hörer ab. Sein Gesicht war ausdruckslos, als er die Nummer wählte.

»Greta? Hier spricht Trout. Kann ich bitte Mrs. Adams sprechen?« Eine Minute verging. Dann: »Mrs. Adams, entschuldigen Sie, wenn ich Sie noch so spät störe. Aber es geht um eine Information, die Sie mir möglicherweise geben können. War Ihr Sohn ein Maler? Hat er überwiegend Stilleben gemalt? . . . Nein, wir versuchen noch immer, das Geld zu entdecken, das er unterschlagen hat. Dachten, wir könnten uns ungefähr ein Bild vom letzten Jahr seines Lebens machen, wenn wir uns mit seinem Foto bei den Geschäften mit Malerartikeln erkundigen. Ich weiß, es klingt etwas weit hergeholt, aber wir dürfen nichts unversucht lassen . . . Ja – ich danke Ihnen für Ihre Hilfe.«

Trout legte auf und sagte: »Früher oder später paßt plötzlich alles zusammen.«

»Was paßt wohin?«

»In den ersten Monaten, als sie in dieser Wohnung in Boston lebte, war sie so unnahbar wie nur möglich. Es war nicht zu übersehen, daß sie die Leute von sich abhielt. Sie sprach nicht einmal ein paar Worte. Als sich die Klatschbase des Hauses ihr zu nähern versuchte, war sie nicht nur äußerst abweisend, sie hat in ihrer Wohnung nicht einmal das Licht eingeschaltet. Warum? Weil es da etwas gab, was die andere nicht sehen durfte. Vielleicht eine Pfeife, vielleicht Herrenhausschuhe. Vielleicht alles mögliche. Und dann dieses Zimmer! Das ganze Apartment war so sauber – geradezu steril –, aber ein Raum wurde als Studio benützt, und dort herrschte ausgesprochenes Chaos. Alles, was mit der Malerei zusammenhing, befand sich in diesem einen Raum. Ich habe eine Leinwand gesehen mit dem Porträt eines Mannes. Es war offenbar ein Selbstporträt. Der Mann hat demnach mehrere Monate dort gelebt. Dann, als sich die Suche nach ihm einigermaßen abgekühlt hatte und er sein Quartier irgendwo anders aufgeschlagen hatte, begann sie sich ein wenig der Welt aufzuschließen. Sie verlor ihre Scheu, überwand ihren offenbar langanhaltenden Kampf mit der Halsentzündung oder warf ihre Hochnäsigkeit ab, je nach dem, wie man es betrachtet.«

»Warum ist er ausgezogen?«

»Vielleicht, weil sie übertrieben hatte mit ihrem Eremitendasein – auch so etwas erregt die Neugier der Umwelt. Es hätte den beiden wenig gedient, wenn sich die allgemeine Aufmerksamkeit auf sie gelenkt hätte.«

»Und worin mag die Beziehung zwischen den beiden bestanden haben?«

»Liegt das nicht auf der Hand?«

»Für dich vielleicht. Aber wenn ich mir so sicher wäre, würde ich nicht danach fragen.« Es klang aufrichtig. Sie hatte offenbar nicht die Absicht, ihm Salz in die Wunden zu streuen.

»Sie liebten sich, das ist doch klar.«

»Aber du hast gesagt – mein Gott, es kommt mir vor, als läge es Jahre zurück! –, daß Mrs. Adams eindeutig versichert hätte, ihr Sohn sei nicht an Frauen interessiert gewesen – sexuell, meine ich.«

»Mütter sind in solchen Angelegenheiten nicht die besten Gutachter. Immerhin handelt es sich bei der Wohnung in Boston um ein Apartment mit nur einem Schlafzimmer. Bei dem Geld, das Nathan zur Verfügung hatte, kann man nicht annehmen, er hätte aus Sparsamkeit ein solches Apartment gemietet.«

»Vermutlich nicht.«

»Eines kann ich nicht begreifen: Warum hat sie eigentlich nicht behauptet, sie hätte ihn tatsächlich springen gesehen? Warum erzählte sie diese ganze Geschichte vom Weiterfahren, von ihrem Blick in den Rückspiegel und so weiter?«

»Dafür kann es mehrere Gründe geben. Vielleicht wollte sie vermeiden, daß es allzu einfach klang. Sie brauchte ja nicht unbedingt den Sprung gesehen zu haben, um die Sache glaubhaft erscheinen zu lassen. Immerhin hatten sie den Platz sehr geschickt ausgesucht. Wenn man annahm, daß sie nicht log, mußte er ja wohl gesprungen sein – er hätte sich nirgends anders verstecken können. Überleg dir mal, wie geschickt das war! Die meisten Menschen werden beim Lügen ertappt, wenn sie sich allzusehr auf Details einlassen. Auf diese Weise brauchte sie nicht die genaue Stelle zu kennen, von der aus er gesprungen war, oder ob er dabei die Arme hochgerissen hatte und so weiter. Sie hatte die angebliche Tat nicht gesehen, daher konnte sie auch keine Fehler machen.«

»Das klingt vernünftig. Ja, wirklich. Wir fanden es ja auch gerade deshalb so glaubhaft, weil sie davon sprach, wie sie sich auf die Kurve konzentrierte und in der Zufahrt zur alten Ziegelei wendete, als ihr klargeworden war, was da geschehen sein mußte.« Trout lachte, aber es klang alles andere als fröhlich. »Du weißt, ich habe sie gleich am ersten Tag gefragt, ob sie Schauspielerin sei.«

»Sie hat den Coroner und die Jury des Coroners hinters Licht geführt, die Beamten vom FBI und die gesamte Presse. Du bist nicht das einzige Opfer.«

»Ja – aber in solchen Dingen gibt es immer verschiedene Grade.« Danach folgte ein unangenehmes Schweigen, in dem die letzten Wochen und deren unerfreuliche Ereignisse noch einmal an ihnen vorüberzogen. Zwischen Trout und seiner Frau war wieder eine gewisse Distanz entstanden, die Enid zu überbrücken versuchte.

»Ich frage mich, was ihn veranlaßt hat, sie zu erschießen.«

Die Bemühung reichte nicht aus, um die Lücke zu schließen.

»Das ist mir momentan völlig egal«, sagte Trout.

Trout blätterte in den Akten auf seinem Schreibtisch. Zahlreiche Notizen lagen herum: über die Informationen, die Eve Galatea ihm gegeben hatte, am Tag des »Selbstmords«; über Greta Bergstrom; über den Zeitplan der Menschen, die in der Nacht des Mordes an Eve im Hornsby-Haus waren; über die Gespräche vom Tag zuvor in Boston. Mit einer einzigen großen Geste wischte er die Blätter in die offene Schublade und schob sie dann nachdrücklich zu.

Noch immer wurde er das Gefühl nicht los, daß Greta der Schlüssel war, der zur Lösung dieses Rätsels führte. Selbst wenn sie Eve Galatea nicht umgebracht hatte, wußte sie etwas, was sie ihm verschwieg. Vielleicht kam ihr Verhalten bei der Voruntersuchung daher, daß sie davon überzeugt war, Nathan Adams müsse noch am Leben sein. Vielleicht hatte sie ihn gesehen, hatte mit ihm auf irgendeine Weise Kontakt aufgenommen, ihm irgendwie geholfen. Sicher hatte sie nicht an der Sache mit dem gespielten Selbstmord teilgenommen, sonst wäre sie nicht so überrascht gewesen über das, was Eve Galatea ausgesagt hatte. Aber wenn sie sich darüber im klaren war, daß Nathan Adams noch lebte, war sie vermutlich die einzige Person, die zugleich wußte, wo man ihn finden konnte.

Trouts Frustrationen hatten einen bisher nie erklommenen Gipfel erreicht. Er konnte Greta nicht zu einer Aussage zwingen. Er konnte ihr nicht sagen, daß er alles wußte. Kein Wunder, daß sie ihn einen Narren gescholten hatte. Er hatte nach dem Mörder von Eve Galatea geforscht, und dieser Mörder war ein Mann, den alle für tot hielten!

Gott, wie er Eve Galatea haßte für das, was sie ihm angetan hatte. Nicht, daß sie ihn belogen hatte, sondern daß es ihr auch noch gelungen war, ihn vor ihren Karren zu spannen. Er faßte das als eine persönliche Beleidigung auf. Sie hatte den Tod wahrhaftig verdient durch diesen gemeinen Betrug. Er wurde wütend, wenn er nur daran dachte.

Gegenüber Nathan Adams empfand er ein anderes Gefühl. Er sagte sich, daß er ihn schnappen wollte, weil niemand sich über das Gesetz erheben durfte: Einen Mörder und Betrüger durfte man nicht ungeschoren davonkommen lassen. Und er gestattete sich nicht einmal zuzugeben, daß es ihn in Wirklichkeit danach drängte herauszufinden, was Eve Galatea an diesem Mann so fasziniert haben mochte.

Mit Enid war er an diesem Morgen ziemlich unwirsch umgegangen. Sie hatte Eve Galatea verachtet, solange sie annehmen mußte, daß sie über jeden Verdacht erhaben war. Jetzt, wo sie wußte, daß sie die Komplizin eines Verbrechers war, sah sie sie in einem ganz anderen, einem romantischen Licht. Sie hatte Eve Galatea verziehen, weil sie gelogen hatte, um den Mann zu schützen, den sie liebte. Und Nathan Adams war für sie offenbar ebenfalls eine Figur aus einem romantischen Drama, weil er skrupellos die Frau umgebracht hatte, die ihn liebte. Als ob das Leben jemals so einfach wäre!

Trout ließ sich in das Wattepolster des Selbstmitleids sinken. Er fühlte sich alleingelassen, unverstanden und verkannt und versuchte herauszufinden, ob derartige Gefühle nun einmal mit seinem Beruf verbunden waren, mit dem Ehestand oder mit dem Wissen, daß er nicht mehr über die Unbeschwertheit der Jugend verfügte – als ein wesentlich älterer Mensch die Tür öffnete und gleich danach hereinkam.

»Guten Morgen«, sagte George Cox.

»Von wegen – für mich ist es kein guter Morgen«, murmelte Trout. »Entschuldigen Sie«, sagte er dann, ergriff die Hand des älteren Mannes und führte ihn zum Besuchersessel. »Wie geht es, George?«

»Danke der Nachfrage.«

»Ich nehme an, Sie sind nicht aus purer Freundschaft hier?«

»Nein.«

»Ich habe versucht, Sie in Bangor zu erreichen. Gestern war ich den ganzen Tag über in Boston.«

»Ich weiß.«

»Nun – was gibt's?«

»Wie weit sind Sie von der Lösung des Mordfalles Galatea entfernt?«

»Sagen wir: Unter uns Pastorentöchtern ist der Fall gelöst. Aber der Mörder läuft noch frei herum.«

»Gott sei Dank!« Große Erleichterung, aber nicht die Spur von Neugier überströmte George Cox und schien ihn zu wärmen, so daß der rauhe Ton aus seiner Stimme verschwand.

»Worüber freuen Sie sich denn?« Trout konnte sich nicht erinnern, jemals ein so breites Grinsen auf dem Gesicht des medizinischen Sachverständigen gesehen zu haben.

»Nicht, daß Ihnen der Mörder bisher entkommen ist, das kann ich Ihnen versichern.«

»Seien Sie nicht so zurückhaltend, George. Das steht Ihnen nicht.«

Georges normalerweise ziemlich laute Stimme senkte sich, so daß Trout die Ohren spitzen mußte, um seine Worte zu verstehen. »Im Verlauf meiner Untersuchung bin ich auf eine – sagen wir, eine Information gestoßen. Ich muß gestehen, daß ich im ersten Augenblick ziemlich verblüfft war. Deshalb bin ich nach Bangor gefahren – ich wollte erst einmal einen Arzt dort konsultieren, den ich schon seit langer Zeit kenne.«

»Hätten Sie das nicht per Telefon machen können?« fragte Trout.

»Nein, das war ausgeschlossen.«

»Und?«

»Ich bin ein altmodischer Mann. Ich nehme an, das wissen Sie inzwischen. Und das bedeutet, daß ich nicht nur sehr genau bin, sondern auch gewisse Skrupel habe.«

»Worüber sprechen wir eigentlich, George?«

»Wie gesagt, ich bin auf eine gewisse – Information gestoßen. Eine höchst widersprüchliche Angelegenheit. Zuerst habe ich es gar nicht recht begriffen – das kommt wohl auch daher, daß ich altmodisch bin.« Er seufzte. »Aber als ich mir darüber im klaren war, mußte ich eine Entscheidung treffen. Die Entscheidung, was ich mit dieser Information anfangen sollte.«

»Was denn nun für eine Information?«

»Das kann ich Ihnen nicht sagen.«

»*Was?*«

»Sehen Sie, das ist die Entscheidung, zu der ich gelangt bin. Ich versichere Ihnen, daß Sie das Wissen dieser Information auf der Suche nach dem Mörder keinen Schritt weiter bringen wird. Es wäre vielleicht möglich – wenngleich auch das eine verschwindend geringe Möglichkeit ist –, mit dem Wissen dieser Information die Identität des Mörders besser zu begrenzen. Wenn Sie also diesbezüglich noch im dunkeln getappt wären, hätte ich Ihnen die Information wohl vermitteln müssen. Aber ich konnte mich einfach nicht dazu entschließen. Daß Sie nun bereits wissen, wer der Täter ist, nimmt mir die Last der Verantwortung von den Schultern.«

»Sie sind verrückt, George. Wirklich verrückt.«

»Es tut mir leid, wenn Sie es so sehen.« Er straffte sich.

»Mir tut es noch viel mehr leid«, sagte Trout und versuchte damit, die verletzte Würde von George Cox wiederherzustellen. »Aber Sie wissen genau, daß Sie unter keinen Umständen irgend etwas in einem Mordfall verschweigen dürfen. Sie sind der medizinische Sachverständige, und ich bin der Sheriff, in Dreiteufelsnamen.«

»Vielleicht haben wir verschiedene Ansichten, was die Verantwortung meines Berufs betrifft«, erwiderte Cox ziemlich kühl.

»Ja – ich würde sagen, Sie sind dazu da, bei einer Untersuchung zur Aufklärung des Falles beizutragen, nicht zur Verschleierung.«

»Und ich wiederhole, daß diese Information keine direkte Einwirkung auf die Aufklärung Ihres Mordfalles hätte. Es geht nicht um die Umstände des Todes, wenn Sie das gedacht haben sollten. Die liegen eindeutig fest, und Sie erhalten meinen ausführlichen Bericht darüber. Aber ich betrachte es als meine Pflicht als Arzt und als moralbewußtes Mitglied dieser Gesellschaft, jeden Skandal und jedes Gerede zu vermeiden.«

»Es ist andererseits Ihre Pflicht als medizinischer Sachverständiger, mir alle Fakten mitzuteilen, die Sie ermittelt haben.«

»Alle für die Aufklärung des Falles nötigen Fakten.«

»Ich nehme an, in diesem Fall muß ich jemand anderen hinzuziehen. Ich bin sicher, der Coroner ist damit einverstanden.«

»Wenn Sie es so empfinden, können Sie morgen früh meinen schriftlichen Rücktritt in Händen haben.«

Wieder seufzte Trout, diesmal noch tiefer als zuvor. »Lassen Sie uns nichts übereilen, George. Wir sollten beide die Sache erst einmal überschlafen. Vielleicht, wenn Sie darüber nachdenken, können Sie mir doch sagen . . . Was auch immer es sein mag. Oder wir finden irgendeinen Kompromiß . . .«

»Ein Kompromiß ist kaum denkbar.« Cox stand auf und wandte sich zum Gehen. »Sophie bittet mich, Ihnen zu sagen, daß sie sich sehr darüber freut, wenn Enid, wie sie angeboten hat, einen Topf von ihren berühmten gebackenen Bohnen mitbringt.«

»Bohnen?«

»Zum Labor-Day-Picknick.«

»Ach so. Natürlich. Beste Grüße an Sophie.«

»Ja.« Und mit dieser kürzesten Version eines Abschieds war das weißhaarige Monument von Wahrheit, Gerechtigkeit und echter amerikanischer Wesensart gegangen.

Homer steckte den Kopf durch den Türspalt und fragte, ob er etwas tun könne – aber offensichtlich wollte er nur wissen, worum es ging.

Trout schoß ihm einen bösen Blick zu, und Homer trollte sich an seinen Schreibtisch im Vorzimmer.

»Verknöcherter, alter Trottel«, sagte Trout dann leise.

»Ich bin dir wirklich dankbar dafür, daß du gekommen bist.«

Enid nickte; dabei kaute sie an einem dreistöckigen Trut-hahn-Sandwich.

»Ich weiß, daß ich dich in letzter Zeit manchmal unglücklich gemacht habe.«

Enid zuckte mit den Schultern und knabberte ein Stück To-mate, das herausgerutscht war, mit den Schneidezähnen ab.

»Ich bin selbst auch unglücklich gewesen, und ich glaube, es kam in erster Linie daher, daß wir nicht genügend miteinander geredet haben.«

Enid kaute nachdenklich.

»Wenn wir nicht aufgehört hätten, miteinander zu sprechen, wäre es gar nicht erst soweit gekommen. Ich meine – jeder von uns hat praktisch sein eigenes Leben gelebt, zumindest in Gedanken. Wir haben uns wie Fremde verhalten.«

Enid befaßte sich mit einem Salatblatt.

»Ich bin froh, daß wir es hinter uns haben. Ich muß wirklich mit dir reden.«

Enid lutschte genüßlich an einem Gürkchen.

»Cox ist zu mir gekommen; er hat mir mitgeteilt, daß er im Verlauf der Autopsie etwas sehr Merkwürdiges entdeckt hat. Er behauptet, es hätte nichts mit dem Mord zu tun, und weigert sich standhaft, mich darüber zu informieren. Er will nicht als Sensationsmacher in die Annalen der gerichtsmedizinischen Wissenschaft eingehen. Was soll ich tun? Du weißt doch, wie unmöglich er ist. Je mehr ich ihn bedränge, desto mehr zieht er sich zurück. Wenn ich jemand anders mit der Untersuchung betraue, droht er damit, von seinem Amt zurückzutreten. Die In-formation hat möglicherweise wirklich nichts mit meinem Zentralproblem zu tun – schließlich ist George davon überzeugt, und er ist ja ein erfahrener Mann. Was mich dabei aufregt, ist die Tatsache, daß er meiner Diskretion einfach nicht traut.«

Beim Wort »Diskretion« zog Enid die Augenbrauen hoch und trank dann geziert einen Schluck Kaffee.

»Komm, sei fair mit mir«, bettelte Trout.

Enid versuchte, fair dreinzuschauen, während sie an einem Stück Pommes frites knabberte.

Dann schluckte sie hinunter, betupfte sich die Mundwinkel mit der Papierserviette und wischte sich dann die Finger ab. »Du willst, daß er zurücktritt, und ich soll dich dabei moralisch unterstützen?«

»Ich weiß nicht. Nein, ich will nicht, daß er seinen Rücktritt einreicht. Vor allem, weil das ja offenbar nicht zur Aufklärung meines Mordfalles beiträgt.«

»Soll ich dir also einreden, daß du ihn nicht dazu zwingst? Daß es seine eigene Entscheidung ist? Ja, daß er es ist, der dich praktisch zwingt?«

»Nein!« bellte Trout und vermutete zugleich, daß sie genau das gesagt hatte, was er sich erhoffte. »Könntest du bitte einen Augenblick lang aufhören damit, mich wie ein Psychotherapeut zu behandeln? Laß meine Psyche in Frieden; untersuchen wir lieber die Situation so, wie sie sich uns bietet.«

»Vielleicht ändert George ja noch seine Meinung.«

»Glaubst du das im Ernst?«

»Keineswegs. George ändert niemals seine Meinung. ›Wozu das Perfekte ändern wollen?‹ Ich glaube, das steht auf seinem Familienwappen.«

»Was würdest du tun?«

»Ich würde mit Sophie reden.«

»Das habe ich mir auch schon gedacht. Sie ist aber für diesen Fall zu – zu altjüngferlich –, wenn du verstehst, was ich damit sagen will.«

»Meinst du, zu naiv?«

»O nein. Naive Jungfrauen sind schon keine Jungfrauen mehr. Heutzutage kann man Jungfräulichkeit mit wilder Entschlossenheit vergleichen – blindes Vertrauen in den Wert von etwas, das alle anderen zu einem verdammt niedrigen Preis handeln. Wenn Cox auf seinen Prinzipien besteht, dann stellt sich Sophie hinter ihn.«

»Was könnte diese mysteriöse Information deiner Meinung nach sein?«

»Einstiche in den Armbeugen. Schwangerschaft. Eine Vergewaltigung vor dem Tod durch Erschießen – oder . . .« Er schauderte. »Vielleicht sogar danach. Ich weiß es nicht. Bei einem Mann wie Cox kann man so etwas nicht einmal ahnen. Es könnte etwas Schreckliches sein oder, angesichts seiner viktorianischen Prüderie, die simple Tatsache, daß sie keinen Büstenhalter getragen hat. Dabei geht es gar nicht darum, daß man eine Familie – ihre Familie – mit diesen peinlichen Enthüllungen bloßstellen könnte«, fuhr er anklagend fort. »Und ich finde es beleidigend, wenn er annimmt, ich würde diese seltsame Information unnötigerweise publik machen.«

»Aber Schmutz hat nun mal die Eigenschaft, in den unwahrscheinlichsten Ecken aufzutauchen.«

»Was meinst du damit?«

»George sagt es dir. Du sagst es mir und Agronski. Er sagt es seiner Frau . . .«

»Agronski sagt niemals etwas zu seiner Frau – außer, was er zum Abendessen haben will.«

»Zu schade. Dann müßte ja wohl ich das schwache Glied in der Kette sein – es sei denn, du traust dir selbst nicht mehr.«

»Hör auf zu scherzen – mir ist die Sache viel zu ernst dafür.«

»Ich meine es ja auch völlig ernst. Warum willst du es eigentlich wissen? Du weißt doch schon, wer sie getötet hat. Ich finde es ausgesprochen anständig von George, diese vermutlich doch ziemlich häßliche Sache auf die eigenen Schultern zu nehmen, anstatt sie dir aufzubürden.«

»Aber ich bin der Sheriff!« brüllte Trout, woraufhin die Kellnerin rasch herbeigeeilt kam, um Kaffee nachzuschenken. »Es gehört zu meinem Job, alles über den Fall zu wissen, den ich bearbeite«, fuhr er in gedämpfterem Ton fort, nachdem sie wieder gegangen war.

»Warte ein paar Tage, bevor du einen endgültigen Entschluß

faßt. Vielleicht findest du Nathan Adams, dann brauchst du dich um diese andere Sache nicht mehr zu kümmern.«

»Aber es geht um das Prinzip«, schmollte Trout.

»Ich glaube, ich gehöre doch zu den Auserwählten – nun kenne ich schon zwei Männer mit einem einzigartigen Sinn für Prinzipien«, bemerkte Enid milde.

Trout warf ihr einen argwöhnischen Blick zu, doch dann fand er, daß sie sich wirklich glücklich schätzen konnte – was immer sie auch mit ihrer letzten Bemerkung gemeint haben sollte.

Kapitel
9

Es war ein großartiger Tag für das Labor-Day-Picknick, wunderbar klar und kühl und genau richtig für die Feuer, die unten am Strand vor dem Haus von George und Sophie angezündet werden würden. Das Haus selbst war wie geschaffen für die alljährliche Tradition. Es sah wettergebleicht und fast ein wenig baufällig aus, konnte aber noch immer gut den Stürmen und der Nässe widerstehen, die seine Giebel und Kamine im Lauf vieler Jahre ziemlich mitgenommen hatten. Seit George und Sophie es bewohnten, fehlte ihm der Segen von Kindern. Trout nahm an, daß das Picknick dafür ein gewisser Ersatz war; dieses Fest erfüllte das alte Haus mit Stimmen, mit Lachen und Aktivität, und das Echo hallte bis zum nächsten Picknick im nächsten Jahr durch die Räume. Da Sophie die Mutterschaft versagt geblieben war, hatte sie das ganze Städtchen an ihre Brust genommen; und George, der vermutlich ein schwieriger Vater gewesen wäre, spielte seine Rolle als Patriarch nahezu in Vollendung.

Dieses Picknick zum Labor Day am Ende des Sommers war das gesellschaftliche Ereignis des Jahres – aber keiner brauchte sich um Einladungen zu bemühen. Die ganze Ortschaft war eingeladen, und alle kamen, auch die Leute aus den umliegenden Gemeinden. Bis auf ein paar Nachzügler hatten die Sommergäste ihre Angelruten, das Sonnenschutzöl, die Motorräder und die Mückensprays eingepackt und waren zurückgefahren in ihre Städte. Die Sommersaison war offiziell zu Ende, und die ganzjährigen Einwohner versammelten sich, um endlich wieder unter sich feiern zu können.

Viele von ihnen betrieben Saisongeschäfte; die meisten davon – Bootswerften, Buchhandlungen, Fahrrad- und Motorbootverleih, aber auch die meisten Bekleidungsgeschäfte, Lebensmittelläden und Restaurants – waren von nun an bis zum kommenden Mai geschlossen. Die Besitzer machten in der touristenlosen Saison nicht so viel Umsatz, als daß sie damit auch nur die Heizkosten hätten bestreiten können.

Die Einwohner hatten sich längst mit der Tatsache abgefunden, daß sie nun einmal vom Tourismus abhängig waren. Sie empfanden keine Feindseligkeit gegenüber den heuschreckenartig einfallenden Saisongästen, die bereit waren, hier ihre Dollars auszugeben. Dennoch konnte man fast hörbares Seufzen der allgemeinen Erleichterung vernehmen, wenn sie wieder abgezogen waren. Der Anlaß des Picknicks diente dazu, »die anderen« von »uns« zu unterscheiden. Und die neu gefestigte Solidarität war etwas, worüber man nicht zu reden brauchte; es war eine Tatsache, die jeder als solche anerkannte, wie den Wechsel der Jahreszeiten, der das alles verursachte.

Keiner kam mit leeren Händen. Enids Beitrag, die gebackenen Bohnen, füllten einen riesigen Hummernkessel. Fischer brachten das Beste aus ihrem Fang. Es gab hausgebackenes Brot und Kuchen, Puffmais zum Rösten, Kekse und Marmeladen und eine Vielzahl verschiedener Spezialitäten aus den heimischen Küchen. Bis zu diesem Tag war es noch keinem gelungen, von all den angebotenen Köstlichkeiten gegessen zu haben. George und Sophie sorgten für die Getränke. Es gab immer ausreichend Bier und Limonade, und George mixte alljährlich einen Rum-Punsch, der aus einer alten, makellosen Porzellanbadewanne serviert wurde, welche man nur zu diesem Zweck aufbewahrte. Obwohl die Coxens sicherlich die konservativsten Konservativen von Fells Harbor oder sogar des ganzen Countys waren, zeigten sie sich am Labor Day recht freizügig mit dem Alkohol. Für diejenigen, die nüchtern bleiben wollten, borgten sie sich von den Restaurants große Warmhaltekannen aus, die sie mit Kaffee und Tee füllten. Es war ein Fest, das irgendwann am Vormittag begann und meist mit einer überraschend großen Gruppe von Unverdrossenen endete, die noch den Sonnenaufgang am kühlen Strand erlebten.

Enid und die Mädchen waren schon am frühen Vormittag mit einem Haufen Feuerholz herübergekommen, um Sophie zu helfen und für sie noch das eine oder andere zu erledigen.

Trout blieb bis gegen sechs Uhr abends in seinem Büro, als Homer ihn murrend ablöste. Er roch nach Bier, und als er Trout ins Gesicht rülpste, bekam der Sheriff einen Vorgeschmack auf das Festbankett, das ihn erwartete.

»Ich verstehe nicht, warum wir nicht alle dort sein können«, sagte Homer mit hörbarem Selbstmitleid. »Jeder ist beim Picknick, und alles hier im Ort ist geschlossen. Wenn wir irgendwo gebraucht werden, dann höchstens unten am Strand – Sie wissen schon: um einen Streit zu schlichten oder etwas zu unternehmen, wenn jemand zu viel getrunken hat.« Er rülpste noch einmal, um das Gesagte zu unterstreichen.

»Homer, Sie überraschen mich. Gerade bei solchen Gelegenheiten müssen wir besonders wachsam sein. Wie Sie sagen, ist jeder unten am Strand, und Fells Harbor ist eine Geisterstadt – die idealen Bedingungen für Einbrecher oder Vandalen. Es liegt in unserer Verantwortung, daß hier unterdessen keine Einbrüche oder Brände vorkommen. Wie sähe das denn aus, wenn die Vertreter des Gesetzes alle auf der Party wären und ein Verrückter durch die Straßen ginge und die Stadt anzündete?«

Homer war schon im Normalfall ein phantasiebegabter junger Mann, und er hatte genügend Alkohol konsumiert, um seine Vorstellungskraft noch steigern zu können. Trout sah geradezu Homers Vision: Homer Caulfield und ein ruchloser Psychopath, wie sie sich auf den verlassenen Straßen von Fells Harbor jagten.

»Und vergessen Sie nicht: Eve Galateas Mörder ist auch noch in Freiheit.« Trout fühlte sich damit genügend gerächt für Homers Verstöße gegen die Rangordnung.

Als Trout hinunterfuhr zum Strand, beruhigte er sein Gewissen damit, daß wirklich jemand auf der Station anwesend sein mußte, um eventuelle Anrufe entgegenzunehmen; außerdem hatte er Homer davor bewahrt, sich sinnlos zu besaufen und am nächsten Morgen mit einem Riesenkater zum Dienst anzutreten.

Die Küstenstraße in der Umgebung des Hauses von George Cox war auf beiden Seiten von Wagen vollgeparkt. Über eine weite Strecke stand nur eine Spur für die Durchfahrt zur Verfügung. Trout parkte am Ende der Autoschlange, so nahe wie möglich an der Stadt. Schon als Junge hatte er sich immer irgendwelche Fluchtwege offengehalten. In den Kinos setzte er sich grundsätzlich auf den ersten Platz neben dem Gang, und in Bussen saß er so dicht wie möglich an der Tür. Diesmal allerdings ging es ihm wohl auch darum, die Begegnung mit George Cox so lange wie möglich hinauszuschieben, zumindest bis er sich darüber klar geworden war, wie er sich weiter verhalten sollte. Je mehr er sich dem Haus näherte, desto langsamer wurden seine Schritte.

Sein Zögern erwies sich als überflüssig, da George nirgends zu sehen war. Trout hatte also noch so lange Zeit, bis sein Gastgeber vom Strand ins Haus hereinkommen würde.

Im Parterre ging es zu wie in einem Bienenkorb. Nachdem Trout die Gäste eine Weile betrachtet hatte, versuchte er sich einen Weg zu Sophie zu bahnen, die sich gerade am anderen Ende des Raums mit jemandem unterhielt, der ihm vage bekannt vorkam. Aber seine Bemühung war sinnlos; sie brachte ihm nur vorwurfsvolle Blicke derjenigen ein, die dem Bewegungsschema der Massen folgten. Schließlich fand er sich in eine Ecke gedrängt, wo glücklicherweise ein Bierfaß stand und es dazu eine Reihe von Plastikbechern gab.

Trout stärkte sich mit einem Schluck, füllte den Becher neu und nahm dann an der Unterhaltung teil, die neben ihm entstanden war. Norman Collier legte etwas unsicher einen Arm um Trouts Schulter, während er seine Frau herausfordernd anblickte. Sie war eingehüllt in einen hübschen Baumwolljumper und stand inmitten eines Meers aus Plastikbechern, die andere Gäste weggeworfen hatten.

»Hast du Enid gesehen?« fragte er. »Ich bin gerade erst angekommen. Habe noch gearbeitet.« Unter dem Blick von Alice fühlte er sich geradezu genötigt, sich zu entschuldigen.

»Sie ist unten am Strand. Eine von den wenigen, die sich noch ins Wasser wagten. Eine fabelhafte Frau«, antwortete Norm etwas betrübt. »Du weißt ja, als Kinder –«

»Das kannst du dir für Enid aufsparen«, unterbrach ihn Alice. »Warum besorgst du dir nicht etwas zum Trinken und suchst sie dann? Dann könnt ihr beiden in Erinnerungen schwelgen, bis die Sonne aufgeht.« Sie drehte sich auf dem Absatz um, und kurz bevor die Menge sie verschluckte, gab ihr Trout noch einen Klaps aufs Hinterteil. Sie stieß einen gedämpften Schrei aus und richtete ihren wütenden und argwöhnischen Blick auf Trout. Er erwiderte ihn mit ausdruckslosem Gesicht. Zu seiner Überraschung milderte sich ihr Zorn, je länger sie ihn ansah. Dann drehte sie sich rasch um, und Trout sah mit Erstaunen, daß sie keine Mühe hatte, sich durch die Menge einen Weg zu bahnen.

Trout schaute wieder zu Sophie Cox hinüber. Er stellte fest, daß sie sich jetzt mit Greta Bergstrom unterhielt. Daraufhin faßte er den Entschluß, zu den beiden hinüberzugehen, und diesmal ließ er sich von nichts und niemandem aufhalten. Unterwegs bemerkte er, daß auch Mrs. Hornsby-Adams und Dr. Cutter anwesend waren. Als er am Ziel angelangt war, hatte sich Sophie gerade einer anderen kleinen Gruppe zugewandt, die die Vor- und Nachteile der Ölbohrungen vor der Küste diskutierte. Trout und Greta standen einander plötzlich gegenüber und völlig allein, wie das manchmal in überfüllten Räumen der Fall ist.

»Hallo«, sagte Greta. »Ich habe mich schon gefragt, wo Sie sind.«

»Ich habe versucht, Amerikas Sicherheit zu bewachen.«

»Und was wird jetzt aus Amerikas Sicherheit?«

»Ich bin leicht zu ersetzen. Sie liegt jetzt in den Händen von Homer Caulfield.«

Ihr Gesicht verdüsterte sich. »Er war vorher hier, nicht wahr? Er hat mich dauernd angestarrt. Ein dummes, sommersprossiges Gesicht mit einem harten, grausamen Blick.«

»Er hat zuviel Bier getrunken.«

»O ja, das habe ich bemerkt.«

Greta schaute sich nervös nach allen Seiten um, und Trout fiel auf, daß sie eine sehr hübsche junge Frau war. Er ärgerte sich, daß er das bis dahin geradezu perverserweise übersehen hatte. Sie trug ein ziemlich langes Kleid in einer zarten Pastellfarbe zwischen Rosa und Champagner. Es war in der Taille eng gegürtet, aber darüber und darunter bauschte sich der feine Stoff, so daß sie Trout an eine Meernymphe erinnerte, die aus dem blassen Nebel auftaucht.

Sie schaute drein, als wollte sie am liebsten wieder darin untertauchen. Trout merkte deutlich, daß sie versuchte, ihn unter irgendeinem Vorwand stehenzulassen.

Ohne auf ihren Protest zu hören, nahm Trout ihr leeres Glas, ging damit zu Georges Badewanne und kam mit zwei vollen Gläsern zurück, ehe sie sich davonmachen konnte.

»Es überrascht mich, Sie hier zu sehen – ich meine, hier auf der Party«, sagte er, während sie rasch einen großen Schluck trank.

»Sie meinen, als einfache Angestellte des Hauses Hornsby?« fragte sie kühl. »Ich finde, hier gibt es keine Standesunterschiede.«

»Nein, das habe ich nicht gemeint. Aber ich komme nun schon seit vielen Jahren auf dieses Labor-Day-Picknick und habe bis heute noch nie jemanden aus dem Haus Hornsby getroffen.«

»Ach so. Wissen Sie, normalerweise brechen wir, wie die meisten Sommergäste, rechtzeitig unsere Zelte ab und fahren vor dem Labor Day zurück in die Stadt. Dieses Jahr war – ein wenig ungewöhnlich, wie Sie ja wissen.«

»Ich freue mich, daß Sie diesmal herkommen konnten.«

»Es ist ein hübsches Fest.«

Das plötzliche Schweigen schien den Lärm, der sie umgab, zu übertönen. »Ich nehme an, wir reisen in ein paar Tagen ab.« Ihre Stimme war leise; es klang fast wie eine Frage.

»Ich hoffe, bis dahin den Fall unter Dach und Fach zu haben«, sagte Trout und beobachtete sie dabei aus wachsamen Augen.

Greta schien darüber heftig erschrocken zu sein.

»Ich habe übrigens neue Informationen über Nathan Adams«, fügte er verschwörerisch hinzu.

»Wie meinen Sie das?«

»Hören Sie, ich verstehe ja die verschiedenen Gründe, aus denen Sie bisher standhaft geschwiegen haben, aber überlegen Sie einmal, was es Sie gekostet hat. Sie hätten beinahe Ihr Leben verloren – und waren in Gefahr, ernsthaft krank zu werden.«

Ihr Schweigen war eine Zustimmung. Trout fühlte sich ermutigt.

»Sie können doch nicht immer noch an Nathan Adams hängen.«

»Ich verabscheue jeden Gedanken an ihn.« Das sagte sie so rasch und zugleich so ruhig, daß Trout einen Augenblick lang höchst erstaunt war.

»Ich weiß, daß der angebliche Selbstmord ein Schwindel war«, fuhr er fort. »Und –« Er hielt kurz inne, um dann zuzustoßen »– ich weiß auch, wer der Mörder ist.«

»Dann ist Ihnen wohl klar, daß der Fall nie abgeschlossen werden kann.« Sie flehte ihn jetzt buchstäblich an. »Nathan war es nicht wert, daß sich alle um ihn Sorgen machten. Das ist Ihnen doch klar. Und jetzt muß endlich ein Ende sein.«

Trout war gar nichts klar. Er kam sich vor, als ob er plötzlich als Figur in irgendeiner unbekannten Schachpartie stehe, ja, als ob Greta die schwarze Dame wäre und er der Bauer.

»Eve Galateas Mörder darf nicht ungeschoren davonkommen«, sagte er. »Auch nicht, wenn es darum geht, jemand anders zu schützen. Das muß Ihnen doch klar sein.«

»*Ihr* Mörder?« Greta schaute ihn mit deutlicher Verachtung an. »Ich fürchte fast, daß Sie von uns allen der Verrückteste sind.«

Sie hat ihre Schlußpointe gesprochen, dachte Trout, während er ihr nachsah, wie sie mit dem weiten, wallenden Kleid durch den Raum ging.

In seiner Verwirrung merkte er gar nicht, daß Sophie Cox neben ihm aufgetaucht war. Trout fühlte sich nicht selten etwas unwohl, wenn sie so dicht nebem ihm stand – der Schüler in ihm weigerte sich, sie als gleichgroße Wesen zu sehen; früher war sie ihm immer turmhoch vorgekommen. Jetzt berührte sie seinen Arm, und er drehte sich zu ihr herum.

»Worum ist es denn schon wieder gegangen?« fragte sie.

»Ich dachte, ich hätte eine Zeugin der Anklage gefunden. Statt dessen war ich plötzlich auf der Anklagebank.«

»Das klingt aber sehr verwirrend.«

»War es auch. Wir schienen uns nicht einig zu sein, wer welche Rolle übernimmt.«

»Sie gehören zu den Leuten, die nicht lügen können. Natürlich ist es um den Galatea-Mord gegangen, und ich finde es entsetzlich von Ihnen, ausgerechnet hier in meinem Haus, bei unserem Fest ein Verhör durchzuführen.«

»Es tut mir leid. Sie haben natürlich recht«, gestand er ein. »Aber dennoch sind im Grunde Sie daran schuld. Die Leute aus dem Hornsby-Haus hatte ich nun wirklich nicht hier erwartet. Einen Augenblick lang habe ich sogar gedacht, Sie hätten das arrangiert als eine Art Ausgleich dafür, daß George so eisern über seine mysteriöse Entdeckung schweigt.«

»Ganz und gar nicht.«

»Aber Sie wissen doch Bescheid über unsere – unsere berufliche Meinungsverschiedenheit?«

»Natürlich. Wenn ich auch nicht weiß, worum es dabei geht – also brauchen Sie sich nicht erst anzustrengen und zu versuchen, mich auszuhorchen.«

»Selbst wenn Sie es mir sagen könnten, würden Sie es nicht tun.« Er seufzte. »Sie halten so eisern zu Ihrem Mann, wie er eisern schweigt.«

»Das nenne ich Variationen über ein Thema.«

»Verzeihen Sie mir, Sophie. Ich habe vermutlich nicht gewußt, was ich tue. Meinetwegen kann mich die übrige Welt verachten, meinetwegen können sie vor meinem Büro Schlange stehen, um mich zu beschimpfen, solange ich Sie an meiner Seite weiß. Ihre gute Meinung ist für mich lebensnotwendig.«

»Was für eine Last! Also schön, die haben Sie.«

Er verneigte sich und nahm die gewährte Gunst demütig an.

»Aber warum ist denn nun dieser Hornsby-Clan hier?«

»Vermutlich, um sich ein bißchen zu vergnügen. Und wenn Sie sich mit Ihren Belästigungen zurückhalten, werden sie auch noch eine Weile ihren Spaß haben können.«

»Kommen Sie«, drängte er. »Warum haben Sie sie eingeladen?«

»Mildred und ich – wir kennen uns seit vielen Jahren. Während des Krieges haben wir längere Zeit zusammengearbeitet. Wir haben Geld für Kriegsanleihen einzutreiben versucht und Bandagen gerollt. Auch heute sehen wir uns noch von Zeit zu Zeit. Da die Hornsby-Adams in diesem Jahr länger in Fells Harbor geblieben sind, war es doch das Natürlichste von der Welt, Mildred, Gerald und Miss Bergstrom zu unserem Picknick einzuladen.«

»Und Doktor Cutter?«

»Den hat George eingeladen. Er hat ihn bei der Voruntersuchung kennengelernt. Ich nehme an, die beiden verstehen sich gut. Enttäuschend einfach und unkompliziert. Wirklich, es ist nichts Ungewöhnliches dabei, wenn man einmal davon absieht, daß Sie sich offenbar entschlossen haben, mir und den anderen Ärger zu machen.« Sie drehte sich herum und bezog einen anderen Gast in die Unterhaltung mit ein. »Habe ich nicht recht, Gerald?«

»Sicher haben Sie recht, Mrs. Cox. Sie haben immer recht.«

»Danke, Gerald. Sehen Sie, Gerald findet immer die richtige Antwort in jeder sich bietenden Situation.« Sie neigte den Kopf und schaute dabei wieder Trout an. »Im Gegensatz zu Ihnen, mein Lieber, schätzen Gerald und ich die Diskretion.« Dann ergriff sie die Arme der beiden Männer, als wollte sie einen Streit unter Kindern schlichten, und verschwand wenig später in Richtung Küche.

»Eine wundervolle Frau«, sagte Gerald hölzern.

»Die großartigste, die ich kenne«, stimmte ihm Trout zu.

»Vielleicht sollten wir unser Gespräch auf dieses Thema beschränken.«

»Mit Vergnügen.«

»Sehen Sie, Trout – Sie haben Greta wieder völlig durcheinandergebracht. Das konnte man sogar von der anderen Seite des Raums erkennen. War das wirklich nötig? Können Sie sich nicht einmal wie ein normaler Mensch betragen? Müssen Sie immer Räuber und Gendarm spielen?«

Die beiden letzten Sätze waren für sich genommen keine besonders schwere Anschuldigung, eher ein freundschaftlicher Tadel. Aber Gerald sprach so von oben herab, daß die Worte Gewicht bekamen und Trout doch recht empfindlich trafen.

»Gerald, ich weiß nicht, wie ich zu Antworten kommen soll, ohne Fragen zu stellen.«

»Lassen Sie sie doch erst mal eine Weile in Ruhe. Sie ist wirklich sehr zerbrechlich.«

»Greta?« Trout zischte es beinahe heraus, aber unter dem Eindruck von Geralds ernster Aufrichtigkeit zwang er sich zu dem unverbindlichen Lächeln eines Quizmasters im Fernsehen. »Sie meinen damit vermutlich die Sache mit den Pulsadern. In diesem Punkt weicht meine Interpretation ein wenig von der Ihren ab. Sicher, ich bin auch der Meinung, daß Greta mehr als manch anderer von gewissen Dingen beeinflußt wird. Aber nicht passiv – nein, Gerald, und ich halte sie für ganz und gar nicht zerbrechlich. Sie ist ein Mensch, der handelt.«

»Wenn sie wirklich so stark wäre, wie Sie denken, dann wäre sie jetzt vermutlich tot.«

»Sie meinen, der Selbstmordversuch einer starken Natur endet mit einem erfolgreichen Selbstmord? Sicher, darüber könnte man diskutieren. Aber daneben interessiert mich auch – und zwar eher aus persönlichen Gründen –, warum Sie sie unter allen Umständen schützen wollen.« Gerald hatte sich mürrisch abgewandt. »Ich will Sie unter keinen Umständen vor den Kopf stoßen, aber irgendwie erinnert mich Greta an die trojanische Helena. Denken Sie an die Männer, die sie in ihren Bann zu schlagen vermag. Erst war da eine wie auch immer geartete Romanze zwischen ihr und Ihrem Bruder Nathan. Dann Doktor Cutter, der ihr schon seit Jahren den Hof macht. Und jetzt scheinen Sie auch zu ihren Bewunderern zu zählen. Das ist richtig ansteckend. Ich frage mich, wann ich an der

Reihe sein werde.«

Plötzlich erinnerte sich Trout an den ersten Tag – den Tag, als er Eve Galatea kennengelernt hatte. Damals hatte er Gerald vom Tod seines Bruders Nathan berichtet, und Gerald hatte versucht, sich davonzumachen. Genauso wirkte er jetzt wieder; in seinen Augen war der Wunsch zu lesen, so schnell wie möglich wegzukommen, irgendwohin, wo ihn niemand belästigte.

»Wußten Sie eigentlich an dem Tag, als ich zu Ihnen kam« – Trout brauchte nicht zu erläutern, was das für ein Tag war, da sie beide an denselben dachten –, »daß Ihr Bruder in Wirklichkeit gesund und munter war? Wußten Sie, daß der Selbstmord nur gespielt war? Sie hatten mir nicht geglaubt, daß Nathan tot ist, oder?«

»Wenn man ein ganzes Leben lang auf etwas gewartet hat, ist es schwer zu glauben, daß die Zeit des Wartens vorüber sein soll. Wissen Sie – dann wird das Warten selbst zur Wirklichkeit, nicht das, worauf man wartet. Lassen Sie mich das an einem Beispiel erklären.« Gerald schien sich inzwischen ziemlich gefangen zu haben. »Sagen wir, es gibt zwei verschiedene Typen von Menschen auf der Welt. Beide sind sehr arm, und beiden gibt man das, was sie sich am meisten wünschen. Beide erleben einen Augenblick höchsten Glücks. Aber dann? Typ A akzeptiert es und fügt es so bereitwillig in sein bisheriges Leben ein, daß praktisch kein Unterschied zu vorher festzustellen ist. Der ursprüngliche Wunsch ist erfüllt, an seine Stelle treten andere, neue Wünsche. Typ A ist und bleibt also arm, einer, der noch immer nach dem greift, was er nicht bekommen kann. Typ B dagegen will seinem großen Glück nicht trauen. Er kann es nicht glauben. Also schließt er seinen Schatz in einen Tresor, und es ist so, als hätte er ihn nie bekommen. Ich gehöre zu Typ B. Ich hätte Ihnen nicht eher geglaubt, als bis Sie mir Nathans Leichnam gezeigt hätten, bis ich ihn hätte anfassen können. Und selbst dann hätte ich noch gewisse Zweifel gehegt.«

»Sie überraschen mich immer aufs neue. Ich habe keine Ahnung, was Sie als nächstes aus dem Hut ziehen werden. Wegen Ihrer Skepsis gegenüber dem Glück waren Sie also nicht davon überzeugt, als ich Ihnen von Nathans Selbstmord berichtete?

Andererseits waren Sie auch nicht bereit zu glauben, als Sie erfuhren, daß er noch lebte. Habe ich es damit getroffen?«

»Wann hätte ich das denn erfahren?« fragte Gerald und zog die Augenbrauen hoch.

»Ich wollte, ich wüßte es. Ja, wirklich, es wäre –«

»Es wäre sehr wichtig, nicht wahr?«

»Ja, das wäre es.«

»Und was glauben Sie, inzwischen herausgefunden zu haben?«

»Die Identität des Mörders von Eve Galatea.«

Einen Augenblick lang dachte Trout, Gerald Adams würde einen unwillkürlichen Schrei ausstoßen, aber er erblaßte nur, und seine Mundwinkel zogen sich nach unten. »Seit wann wissen Sie es?« fragte er schließlich mit großer Mühe.

»Noch nicht sehr lange.«

»Und warum warten Sie noch? Bringen Sie es zu Ende.« Er hatte die Stimme erhoben. Trout dachte: Jetzt fängt er doch noch zu schreien an. Nicht aus Überraschung, sondern aus Wut. Köpfe drehten sich bereits nach ihnen um. Mit Mühe gelang es Gerald, die Fassung zu bewahren. Als sich das Interesse der Umstehenden wieder von ihnen abgewandt hatte, sagte er fast lächelnd: »Es geht also nur noch um die Beweise?«

»Nein – ich glaube, mit Beweisen sind wir recht gut ausgestattet.«

»Warum stehen wir dann überhaupt noch hier? Warum unterhalten Sie sich mit mir?«

»Ich bin nicht im Dienst.« Trout versuchte schnippisch zu sein, was ihm, wie er wohl wußte, ganz und gar nicht gelang. Aber er wollte Gerald dazu bringen, daß er weitersprach. Dieser Mann verfügte über Informationen von schwer faßbarer Natur. Und Gerald nahm an, daß auch er, Trout, darüber Bescheid wußte. Wenn er ihn also zum Weiterreden bewegen konnte, würde er es früher oder später aussprechen. Trout fragte sich mit wachsender Erregung, ob es vielleicht Nathan Adams' Versteck war, von dem Gerald annahm, daß sie beide Bescheid wußten.

»Dann war das also eine Warnung«, sagte Gerald, und Trout

fragte sich überrascht, ob Gerald vermutete, sein Bruder könnte auch ihn erschießen. »Ich bin Ihnen dafür dankbar, aber im Gegensatz zu meinem Bruder denke ich nicht daran, mich zu verstecken.«

Dann drückte ihm Gerald zu seiner großen Überraschung freundschaftlich die Hand, ehe er sich von ihm entfernte.

Trout zwinkerte heftig mit den Augen, als könnte er auf diese Weise seine Gehirntätigkeit anregen. Dann schloß er die Augen und wartete darauf, eine Antwort zu erhalten, aber er wartete umsonst. Es war unmöglich, die vielen kleinen Informationen und Hinweise, die er in der letzten Zeit erhalten hatte, zu summieren, weil es ihm nicht gelang, sie auf einen gemeinsamen Nenner zu bringen. Er hatte das Gefühl, als seien ihm alle nötigen Fakten und Daten bekannt und als fehle ihm nur noch der Schlüssel, der Code, der sie so aneinanderreihte, daß sie einen Sinn ergaben.

Nach einer Weile öffnete er die Augen, weil jemand eine Hand auf seinen Arm gelegt hatte. Vor ihm stand Mildred Hornsby-Adams und stützte sich mit der anderen Hand auf den silbernen Knauf ihres Spazierstocks.

»Sie scheinen ein Mitglied meines Haushalts nach dem anderen in die Flucht zu treiben.« Ihr Ton war trotz ihres Alters und ihrer steifen Haltung leicht und scherzhaft. Aber ihre Augen straften die Stimme Lügen. Sie musterten Trout sehr eindringlich. Nach ein paar Sekunden, in denen Trout das Bedürfnis hatte, den Sitz seiner Krawatte zu überprüfen, sagte sie mit der ruhigen Autorität einer regierenden Fürstin: »Sie wissen etwas, und das sollten Sie mir sagen.«

»Um die Wahrheit zu sagen, Mrs. Adams, ich weiß nicht, was ich weiß. Das ist das Ergebnis, zu dem ich eben gekommen bin. Es gibt einige Leute, die in diesem Fall weit besser Bescheid wissen als ich. Gehören Sie auch zu ihnen?«

»Ich weiß zum Beispiel, daß Greta unfähig ist, einen Mord zu begehen.«

»Das Leben wäre unerträglich, wenn nicht jeder von uns wenigstens ein paar Leute aufzählen könnte, die seiner Meinung nach einer solchen Tat nicht fähig sind, aber unglücklicherweise hat sich immer wieder gezeigt, daß jeder Mensch eines Mordes fähig ist.« Er fühlte augenblickliches Bedauern, als er sah, wie sie buchstäblich zusammenzuckte. Das kannst du der alten Dame nicht antun, sagte er sich. Und zu Mrs. Hornsby-Adams: »Ich glaube allerdings nicht, daß es Greta getan hat. Jetzt glaube ich es nicht mehr.«

Sie betrachtete ihn wieder eine Weile, dann nickte sie. »Danke. Ich sehe, Doktor Cutter kommt zu uns herüber. Ich könnte mir vorstellen, daß Sie uns allmählich ziemlich satt haben. Hoffentlich haben Sie noch Gelegenheit, sich heute abend ein wenig zu amüsieren. – Guten Abend, Doktor.«

Bevor Trout irgend etwas sagen konnte, hatte sich Mrs. Adams umgedreht und war mit einer Beweglichkeit, die angesichts ihres Alters und ihres Spazierstocks überraschte, davongesegelt durch die Menge, die sich wie das Rote Meer vor ihr teilte und wieder schloß.

Ihren Platz an Trouts Seite nahm jetzt Dr. Cutter ein. Trout kam sich fast vor, als stehe er an einem unsichtbaren Förderband, das dazu diente, die Personen des Hornsby-Adams-Haushalts in rascher Folge an ihm vorbeigleiten zu lassen. Er fragte sich, ob vielleicht auch noch Nathan Adams neben ihm auftauchen würde, wenn er nur lange genug wartete. Das Bild dieses Mannes, der auf einem Fließband davonrannte und doch an Ort und Stelle blieb, löste sich auf, als Cutter den Sheriff überraschend herzlich begrüßte.

»Trout – ich freue mich, daß Sie hier sind! Wirklich. Ich möchte mich bei Ihnen entschuldigen. Ich habe mich wirklich sehr unhöflich betragen, neulich in meiner Praxis.« Trout stritt es nicht ab. »Aber ich war ziemlich nervös. Sie können das verstehen. Hören Sie, ich habe Ihre Frau vorhin kennengelernt. Zauberhaft, wirklich zauberhaft. Nicht nur nach dem Aussehen. Sie hat ein – wie soll ich sagen? – ein erdverbundenes Wesen. Sie sieht so aus, als könnte sie vielen Kindern das Leben schenken. Meine berufliche Meinung – honorarfrei.« Trout hoffte, der Boden würde sich öffnen und den Arzt verschlingen. »Jedenfalls – Sie können sich bestimmt vorstellen, wie Sie reagieren würden, wenn jemand daherkäme, der alles mögliche Schlimme über sie sagen würde.« Trout fürchtete schon, die Wirkung des Alkohols würde den Doktor dazu bringen, daß er sich bei ihm unterhakte. »Ich meine, Sie kennen und lieben sie, und Sie würden es nicht zulassen, wenn ein Fremder versucht, ihre Ehre zu verletzen. Sie verstehen das doch, oder?«

Zu seiner eigenen Überraschung verstand es Trout sehr wohl.

Er packte Cutter in einem spontanen Ausbruch von Sympathie an den Schultern, woraufhin Cutter den Blick senkte. »Wir haben beide nichts zu trinken«, erklärte er traurig. Also bahnten die zwei Männer, Trout noch immer einen Arm um die Schultern des Doktors gelegt, sich ihren Weg zu der improvisierten Bar in der Ecke, füllten ihre Becher und arbeiteten sich dann weiter, bis sie plötzlich draußen in der Auffahrt standen, wo die Wagen kreuz und quer parkten.

Cutter zog eine ungeöffnete Flasche mit Rum aus der Innentasche seines Sakkos. »Sie haben nicht gesehen, wie ich die mitgehen ließ, oder?« fragte er voller Stolz. »Ärzte müssen flinke Hände haben«, gestand er. »Abgesehen davon habe ich ein gutes Werk getan. Ich habe verhindert, daß dieser köstliche Saft durch Obstsäfte verdünnt und verpanscht wird.«

Sie tranken ihr Bier aus und machten dann weiter mit purem Rum.

»Ich möchte die Sache mit Ihnen in Ordnung bringen. Ich weiß wirklich nichts als das, was ich Ihnen berichtet habe. Ich weiß nicht, wer diese Galatea umgebracht hat. Ich weiß, daß es nicht Greta gewesen ist. Ich habe in der Nacht noch einmal nach ihr gesehen, und sie hat geschlafen. Ehrlich. Sie sah so klein und hilflos aus, wie sie da in ihrem Bett lag. Dabei habe ich sie mir tausendmal im Bett liegend vorgestellt . . . Wahrscheinlich jede Nacht, seit vielen Jahren.« Er brach ab. »Wenn Sie mir nicht glauben, dann können Sie meinetwegen zur Hölle fahren«, sagte er mit rauher Stimme.

»Ich glaube Ihnen ja«, beruhigte ihn Trout.

»He, das ist fabelhaft! Das ist wirklich fabelhaft!« Cutter strahlte ihn an und schenkte wieder etwas Rum in die Becher.

»Manchmal«, fuhr er fort und starrte in die goldbraune Flüssigkeit in seinem Plastikbecher, »manchmal wünschte ich, ich hätte sie nie kennengelernt. Lieber heiraten als verbrennen, sagt man doch. Na ja – ich verbrenne, schon seit sieben Jahren. Ich glaube, das ist ein Rekord für das Guinness-Buch. Aber ich langweile Sie. Tut mir leid.«

»Ganz und gar nicht.« Trout empfand aufrichtiges Mitleid mit Dr. Cutter; dennoch konnte er nicht begreifen, wie er so lange und ohne Erwiderung von Greta fasziniert sein konnte. »Wie haben Sie sie eigentlich kennengelernt?« Trout dachte, die Frage könnte das Schweigen überbrücken, das entstanden war, aber Cutter wandte ihm sein gerötetes Gesicht zu.

»Ich habe mich oft gewundert, wie sehr ich schon bei unserer ersten Begegnung von ihr gebannt war. Es war etwa ein Jahr, nachdem ich hierhergezogen war. Das war eine Art Flucht gewesen, nehme ich an, nach einer kurzen, unglücklichen Ehe und einer sehr chaotischen Scheidung. Ich habe damals ziemlich zurückgezogen gelebt. Und es gab genug Arbeit, die mich in Trab hielt. Nicht, daß ich eine Wandertrophäe der hiesigen Gesellschaft gewesen wäre, aber ich erhielt doch viele Einladungen, und fast immer ist es mir gelungen, mich durch eine Ausrede zu entschuldigen. Deshalb ist es wirklich fast eine Art Wunder, daß wir uns überhaupt begegnet sind. Es war auf einem Kostümball. Ich weiß nicht, warum ich zugesagt habe. Es war ganz und gar nicht die Art von Vergnügen, die ich mir wünschte. Vielleicht habe ich die Gelegenheit begrüßt, eine Maske zu tragen. Komisch – ich erinnere mich nicht einmal mehr an das Kostüm, das ich angehabt habe. Ich weiß, daß ich mich unglücklich und fehl am Platze gefühlt habe und daß ich überlegte, wie ich so schnell wie möglich wieder verschwinden könnte. Und dann war plötzlich auf einer Balustrade oberhalb des Tanzparketts diese fabelhafte Erscheinung zu sehen: Lancelot, Ginevra, die Frau vom See und die Wasserfee Viviana. Das hört sich vermutlich lächerlich an, aber ich war wie gebannt vom Bild dieses Lancelot mit seinen drei Damen. Jedenfalls entschied ich mich, noch eine Weile zu bleiben.

Gerald war natürlich Lancelot. Mrs. Adams war überzeugend als Frau vom See. Und können Sie sich meine Überraschung vorstellen, als sich nach einem längeren Gespräch mit Ginevra herausstellte, daß es Nathan war! Ich hatte ihn bis dahin noch nie gesehen und ihn wohl auch deshalb nicht durchschaut. Aber wer mich von dieser Sekunde an in Bann schlug, wer mein Auge und mein Herz traf, war die Wasserfee Viviana. Greta war die Perfektion!« Cutter hatte genügend getrunken, daß diese Worte rhythmisch klangen, als er sie wiederholte, aber er merkte es nicht. »Sie war so zauberhaft und melancholisch. Man sah sofort, daß sie unter einer geheimen Liebe litt.«

»Und seitdem spielten Sie für Ihren Lanzelot die Viviana!« Trout sprach zorniger, als ihm lieb war.

»Hören Sie, Sie verdammter – ach, zum Teufel. Ja, wahrscheinlich haben Sie sogar recht.« Cutters Wut wich so rasch, wie sie gekommen war. »Ich war natürlich nicht von Anfang an der Esel, als der ich jetzt erscheine. Ich meine, zunächst schien es Greta durchaus Spaß zu machen, mit mir beisammen zu sein. Und schon an diesem ersten Abend war Mrs. Adams durchaus davon angetan, daß ich meine Aufmerksamkeit in diese Richtung lenkte. – Ich weiß nicht. Vielleicht wäre alles gut gelaufen, aber Mildred Hornsby-Adams« –, er neigte den Kopf ehrerbietig in ihre Richtung – »hat mich jahrelang damit getröstet, daß Greta eben ein wenig Zeit brauche. Wissen Sie, ich glaube sogar, sie hat mich zu ihrem Hausarzt gemacht, damit ich Gelegenheit habe, Greta öfter zu sehen. Nach einiger Zeit wurde ich auch regelmäßig zu ihren Dinnereinladungen gebeten. Ich kann mich im Grunde nicht beklagen. Man hat mich gut bewirtet und gut bezahlt.«

»Hat?«

»Mrs. Adams teilte mir heute abend mit, daß sie möglicherweise das Haus verkaufen wolle. Es geht dabei zweifellos unter anderem um Geld, aber außerdem könnte ich mir denken, daß das Haus jetzt viele unangenehme Erinnerungen für sie birgt. Es ist wahrscheinlich auch das Beste für Greta, wenn sie nicht mehr hierher zurückkommt.«

»Und was wird mit Ihnen?«

»Ich habe nichts mit den Kalkulationen dieser Familie zu tun, mein Freund. Wahrscheinlich habe ich ihnen allen im Grunde nie etwas bedeutet.«

»Aber da Greta jetzt ganz offensichtlich ihre Meinung über Nathan Adams geändert hat, nachdem sie Jahre auf ihn wartete, dürfte er für sie von der Bildfläche verschwunden sein. Damit würden Ihre Aktien doch wieder steigen – es sei denn, Sie sind nicht mehr daran interessiert.«

»Oh, natürlich bin ich daran interessiert – aber es ist aussichtslos. Das habe ich endlich eingesehen. Sie hat sich bereits wieder neu gebunden – oder ist Ihnen nicht aufgefallen, wie sie Gerald die ganze Zeit über anschaut? Nun, und es wird wohl auch nicht die geringste Chance für mich bestanden haben. Jedenfalls· scheint Greta entschlossen zu sein, ihre Zuneigungen im Rahmen dieser Familie zu halten. Und ich will verdammt sein, wenn ich nun auch noch darauf warte, daß vielleicht Gerald Selbstmord begeht. Noch einen Schluck? Nein? Ich auch nicht. Ich werde mir ein bißchen die Beine vertreten«, sagte er und geriet ins Schwanken, als er sich erhob. »Ich werde mir einen schönen Felsen suchen und dahinterkotzen, mit Verlaub. Das passende Ende einer schönen, aber aussichtslosen Romanze.«

Cutter rülpste und machte sich auf in Richtung zum Strand. Seine Schritte waren nicht unbedingt schnurgerade, aber Trout nahm an, daß er es schaffen würde.

Trout blieb noch eine Weile auf dem Gras neben der Einfahrt sitzen. Seine Gedanken verweilten kurz bei Enid; er fragte sich, ob sie ihn inzwischen wohl vermißte. Aber daran zu denken, war später noch Zeit.

Er wollte erst noch einmal überlegen, was er wirklich über seinen Fall wußte, und was seiner Ansicht nach die anderen wußten. Er versuchte, die Ereignisse chronologisch zu sortieren, beginnend mit der Unterschlagung durch Nathan Adams und seinem Verschwinden vor einem Jahr. Dann folgte der Auftritt von Eve Galatea, die eine Wohnung in einem Apartmenthaus in Boston bezogen hatte. Eve Galatea führte dort ein buchstäbliches Eremitendasein, aber sie war dennoch nicht allein. Sie hielt nur die Neugierigen von sich fern, während sie mit Nathan den Plan dieses scheinbaren Selbstmordes entwickelte. Aber warum hatten sie ein Jahr gewartet?

»Damit er sein Selbstporträt vollenden konnte.« Trout merkte, daß er laut zu sich sprach.

Jedenfalls war danach die Zeit reif – aus welchem Grund auch immer. Sie fuhr hierher, nachdem sein Wagen an Ort und Stelle gebracht worden war, erklärte, daß sie ihn am Rand der Klippe gesehen hatte, worauf man den Abschiedsbrief mit Nathans Fingerabdrücken entdeckte.

Und was geschah dann? Greta sieht ihn oder hört von ihm auf irgendeine Weise. Vielleicht hat er Kontakt aufgenommen mit ihr, obwohl das ein geradezu törichtes Risiko gewesen wäre. Bei der Voruntersuchung bricht sie dann zusammen. Also trifft er sich des Nachts mit seiner Mitwisserin, entdeckt, daß auch sie schwach zu werden droht, und räumt sie aus Sicherheitsgründen aus dem Weg. Aber Eve Galatea war alles andere als schwach. Königlich, beherrscht und vermutlich in Nathan verliebt. Warum mußte er sie töten? Vielleicht war das mein Einfluß, dachte Trout. Vielleicht hat sie Nathan gedroht, mir alles zu beichten.

Nun, seine Fingerabdrücke mögen vielleicht nicht verraten, warum er es getan hat, aber sie sagen immerhin, daß er es tat. Jetzt bleibt mir die überaus lohnende Aufgabe, seinen Aufenthaltsort festzustellen. Dabei scheinen alle möglichen Quellen ein bißchen verrückt zu sein. Greta meint, ich sollte die Sache auf sich beruhen lassen. Wenn ich ihr entgegne, es sei allgemein üblich, Mörder nach Möglichkeit zur Strecke zu bringen, tut sie so, als ob Eve Galatea gar nie existiert hätte. Und Gerald glaubt, ich hätte ihm ein Pferd bereitgestellt, damit er die Stadt bei Nacht und Nebel verlassen könne, während er, Cowboy, der er ist, sich entschlossen hat, bis zum High Noon zu bleiben. Mrs. Adams erinnert mich daran, daß ich mich auf meine Stellung in der Gesellschaft besinne, die eine andere als die ihre ist. Und Cutter treibt dahin in Technicolor-Phantasien und Erinnerungen an ein Kostümfest.

Trout schloß die Augen und ließ die Bilder an sich vorüberziehen, so, wie sie ihm in den Sinn kamen. Eve Galatea, die ihm am Schreibtisch gegenüber saß, sehr elegant, sehr würdevoll. Der Abschiedsbrief, ganz wie man ihn erwarten konnte, formell und doch raffiniert in seiner Einfachheit. Der Winkeladvokat, dem sie ihr Testament anvertraut hatte – eine lächerlich aber geldgierige Gestalt. Eve Galatea, zusammengekrümmt auf dem Bett liegend wie eine weggeworfene Puppe. Lancelot und seine drei Damen auf der Empore. Greta, die im Schock fiebrige Verwünschungen murmelt. Die Karikatur einer Schnüfflerin, die jeden Vorwand nutzt, um sich in Eve Galateas Wohnung umzusehen. Eve Galatea, in wallende Gewänder gehüllt und mit Schleierhüten; wie sie sich hinunterschleicht zum Briefkasten. Gerald, der den Feigling spielt und Trout die Aufgabe überläßt, seine Mutter über den angeblichen Tod seines Bruders zu informieren. Der kalte Krieg und der brüchige Friede zwischen ihm und Enid. Mildred Hornsby-Adams, sehr elegant, sehr herrisch, selbst in ihrer Trauer. Alice Collier, die wütend auf ihn ist wegen seiner Beziehung zu Eve Galatea. Patty Peppermint, oder wie sie auch hieß, kaugummikauend und der Polizei mitteilend, daß der Doktor in Greta verliebt ist. Cutter, der sieben Jahre unbeirrt trotz aller Fehlschläge versucht, seine störrische Jungfrau zu erobern. Agronski, der bohrt und bohrt, bis er etwas findet oder auf der anderen Seite des Erdballs wieder ans Tageslicht stößt. Homer, der den Fall wie ein Holzhacker bearbeitet und eine Spur von Brotkrümeln hinter sich läßt. Und George Cox, der sich als Hüter der öffentlichen Moral und Sicherheit aufspielt . . .

Plötzlich überlief Trout eine Welle von Übelkeit. Aber im Gegensatz zu Cutter rechnete er sie nicht dem Übermaß an Alkohol zu, sondern seiner Erleichterung. Er schenkte sich drei Fingerbreit von dem Rum ein und trank das Glas in einem Zug aus. Der Alkohol zeigte die erwünschte Wirkung, betäubte seinen Körper und den Teil seines Gehirns, der die Gefühle verursachte. Er änderte seinen Gesichtsausdruck, bis er glaubte, wie ein Pokerface zu wirken, und ging dann mit zielbewußten Schritten auf den Strand zu.

Obwohl es inzwischen fast völlig dunkel war, und die Luft spürbar abgekühlt hatte, war der Strand buchstäblich mit Menschen übersät. Die meisten amüsierten sich so gut, daß sie noch längst nicht daran dachten, nach Hause zu gehen. Vor dem Haus der Cox' brannte ein riesiges Feuer, und ein paar weitere leuchteten weiter unten am Strand auf. Mit dem Einbruch der Nacht hatte sich die Gesellschaft in Gruppen nach Alter und Interessen aufgeteilt.

An dem Feuer, das Trout am nächsten war, saßen überwiegend Jungverheiratete, die sich teilweise mit fröhlichen Flirts unterhielten. Am nächsten Feuer saßen verliebte Teenager, die sich mit seelenvollen Blicken anschauten oder Küsse austauschten. An einem dritten Feuer hatte sich eine Mischung von jungen, mittelalterlichen und ganz alten Leuten versammelt, und dort wurde gesungen. Lieder, die jeder kannte und jeder mitsingen konnte, egal, ob sie den Text wußten oder nicht. Als Trout daran vorüberkam, hörte er die etwas disharmonische Version von »You are my Sunshine«. Norman Collier begann gerade mit einer Solonummer, als Enid ihren Mann sah und den Kreis verließ.

»Hallo?« sagte sie in fragendem Ton. »Ich hab' mir schon Sorgen gemacht um dich, aber dann hat mir Alice gesagt, daß du hier bist, also habe ich mich entschlossen, beleidigt zu sein, weil du dich so gar nicht um mich kümmerst.«

»Ach was«, erwiderte er fröhlich, »ich war mir darüber im klaren, daß du keine Mühe hast, Anschluß zu finden. Norm ist für dich noch immer ein Eisen im Feuer, und außerdem hast du heute abend eine weitere Eroberung gemacht: Doktor Cutter.« Ich fürchte, ich habe keine Zeit für diese Art von Konversation, dachte Trout.

»Das klingt ziemlich eklig. Dabei wollte ich dir gerade vorschlagen, daß wir uns an den Händen fassen, uns ans Feuer setzen und mitsingen.«

»Vielleicht später.«

»Was ist?«

»Ich muß mit George sprechen.«

»Nicht heute abend, ich bitte dich. Du meinst das doch nicht im Ernst. Laß ihn seine Party genießen. Bitte!«

»Ich kann es nicht aufschieben – tut mir leid. Ehrlich, Enid, ich habe keine andere Wahl.«

»Das Leben ist voller Überraschungen, wie man sagt«, erwiderte sie ein wenig zu vergnügt. »Nach all den Jahren –«

»All die Jahre und drei Kinder ...«

»– und drei Kindern, richtig, ist mir erst jetzt klar geworden, wie unerträglich rechtschaffen du sein kannst.«

»Das kann ich nicht glauben. Es waren schließlich eher meine Unzulänglichkeiten, die uns einander so nahe gebracht haben. Was könntest du mir denn *noch* bieten, wenn nicht dein Verständnis?«

Trout sah, wie sie geradezu körperlich zurückwich, als ob sie einen Schlag erhalten hätte. Dabei schlang sie sich die Arme um den Oberkörper, als würde sie plötzlich frösteln.

Ich liebe sie doch, dachte Trout. Warum ist das jetzt plötzlich so unwichtig? »Weißt du, wo George ist?«

Sie riß den Kopf von der einen Seite auf die andere, aber nicht, um seine Frage zu verneinen, wie Trout zunächst angenommen hatte, sondern um die Tränen wegzuschütteln, die sich in ihren Augen gebildet hatten. »Am Feuer. Siehst du ihn nicht? Dort!« Sie sprach mit fester Stimme und neigte jetzt den Kopf in Richtung von George Cox. Dabei hatte sie noch immer die Arme an den Körper gepreßt.

»Vielen Dank. Ah, Cutter, schon wieder aufrecht, wie ich sehe.«

»Aber um welchen Preis, Sheriff! Ich habe alles, was in mir war, auf dem Strand verstreut. Zum Glück gab es genug Sand, um meine Schande bedecken zu können.« Er zitterte unwillkürlich und bemühte sich zugleich um ein Lächeln, das etwas gezwungen wirkte. »Ich bin froh, daß Sie wieder nüchtern sind. Sie werden nämlich gebraucht.«

Cutter straffte sich und seufzte. »Ich weiß nicht, ob ich schon wieder so nüchtern bin. Lassen Sie mich meine Tasche holen.«

»Sie werden keine Instrumente brauchen. Nur Ihre professionelle Güte und Ihr Verständnis. Enid braucht jemanden, der sie tröstet«, sagte er und fragte sich, wie er wohl jemals den Schaden wiedergutmachen konnte, den er angerichtet hatte.

»Meinetwegen kannst du direkt zur Hölle fahren«, sagte Enid leise zu Trout, bevor dieser rasch wegging.

Trout hatte gesehen, daß George Cox auf ihn aufmerksam geworden war, blieb aber in einiger Entfernung stehen, während sein Gastgeber das Gespräch beendete. Dann trat Cox zu ihm, aber das freundliche Lächeln und sein Gruß erstarben ihm auf den Lippen, als er Trouts Miene sah.

»Sie wollen mir mit reden«, sagte Cox. Man pflegte ihn zu kritisieren, weil er sich selbst zu ernst nahm, aber immerhin gestand er das auch seinen Mitmenschen zu.

»Sollen wir ein bißchen am Strand spazierengehen?« schlug Trout vor.

Cox erwiderte seinen Blick sehr nachdenklich. »Dort könnten wir gestört werden. Ich glaube, es ist besser, wir gehen in mein Arbeitszimmer.«

Also gingen sie hinauf zum Haus. Unterwegs wurden sie von einigen Gästen aufgehalten, die kurz mit Cox sprachen. Schließlich hatten sie den hinteren Eingang erreicht und gingen gleich hinauf in Cox' Zimmer im oberen Stockwerk des alten Hauses.

Als Trout die Tür öffnete, hörten sie ein Rascheln. Cox schaltete das Licht ein, und zwei Körper auf dem alten Sofa stoben auseinander, als hätte sie ein elektrischer Schlag getroffen.

Der Sheriff stellte mit milder Überraschung fest, daß der eine davon seiner ältesten Tochter gehörte. Der andere gehörte einem ihm flüchtig bekannten – und nach Trouts Auffassung höchst unattraktiven – jungen Burschen. Trout fragte sich, ob man heute noch den Ausdruck »Petting« verwendete. Cox hatte sich inzwischen taktvoll den Papieren auf seinem Schreibtisch zugewandt. Die beiden jungen Leute standen mit hochroten Köpfen da, öffneten gleichzeitig ihre Münder und erkannten ebenso gleichzeitig, daß es nicht ratsam war, irgend etwas zu sagen, solange Trout sie derart finster anstarrte. Dann gingen sie auf die Tür zu, und der Bursche polterte die Treppe hinunter, als ob er von Trout einen Fußtritt bekommen hätte. Das Mädchen blieb noch einen Augenblick draußen auf dem Korridor stehen, hielt die Tür auf und wartete darauf, daß der Vater etwas zu ihr sagte, damit sie ermessen konnte, wie groß die Ungnade war, in die sie gefallen war.

»Ich werde Ihnen jetzt sagen, was Sie bei Ihrer Autopsie entdeckt haben, George. Unterbrechen Sie mich, falls ich etwas Falsches sage. Und wenn ich mich nicht irre, müssen Sie wohl Ihre bisherige Zurückhaltung aufgeben.«

Das Mädchen stieß erleichtert die Luft aus und schloß dann sachte die Tür. Es wird schon wieder in Ordnung kommen, dachte sie. Er hat ganz andere Dinge im Kopf.

Kapitel
10

Eine halbe Stunde danach kam Trout allein aus dem Arbeitszimmer. Er blieb einen Moment auf dem Korridor stehen, genau wie zuvor seine Tochter. Und auch er versuchte, ein paar Worte zu finden für den Mann, der hinter dem alten polierten Schreibtisch aus Eichenholz saß, aber ihm fiel ebenfalls nichts Passendes ein. Also zog er die Tür zu.

Auf dem Treppenabsatz begegnete er Sophie Cox.

»Wo ist George?« Es klang eher wie eine Anklage.

»In seinem Arbeitszimmer.«

Sie blieb stehen, bat aber nicht um eine Erklärung. Sie wartete nur. Wieder einmal fühlte Trout die stille Autorität ihrer Anwesenheit. In der Schule hatte sie nie zu den Lehrkräften gehört, die disziplinarische Maßnahmen ergreifen mußten. Das war gar nicht nötig gewesen. Trout verzog den Mund zu einem banalen Lächeln, entschuldigte sich und fühlte dabei, wie ihn ihre Blicke die Treppe hinunter verfolgten.

Trotz des Stimmengemurmels, das die Wände des Arbeitszimmers durchdrungen hatte, nahm Trout an, daß die Party allmählich ihrem Ende zuging. Er konnte sich jetzt mit nichts anderem befassen als mit der Person, nach der er suchte. In den unteren Räumen sah es so aus, als hätte sich die Zahl der Gäste eher noch vergrößert.

Man begrüßte ihn, umarmte ihn, schubste ihn und steuerte ihn in alle möglichen Richtungen, während er vergebens versuchte, das Haus zu verlassen.

Er war überwältigt von dem Gefühl, daß die Welt von Freunden, Nachbarn und Verwandten bevölkert zu sein schien, aber das tröstete ihn wenig. Die liebenswerten Gestalten nahmen alptraumhafte Proportionen an, als er von seiner Tante Agatha zur Ordnung gerufen wurde, weil er ihr nicht schon früher am Abend seine Aufwartung gemacht hatte. Er murmelte irgend etwas – später fragte er sich, was er wohl gesagt haben mochte –, schoß dann auf die Tür zu und hinaus ins Freie, wobei er die Leute buchstäblich zur Seite stoßen mußte.

Sobald er draußen war, kam ihm sein Verhalten wie das eines Verrückten vor. Er war in Gedanken so ausschließlich mit dieser schrecklichen Angelegenheit befaßt, daß er alles, was ihn an der Ausübung seiner Pflicht hinderte, sei es auch ein noch so herzlicher Händedruck oder eine Umarmung, als Teil einer Verschwörung gegen ihn betrachtete.

Allmählich beruhigte er sich, aber noch immer fühlte er sich peinlich berührt bei dem Gedanken, wie er sich durch die Gesellschaft ins Freie hatte drängen müssen. Er tröstete sich mit einer Zigarette. Als er sich bückte, um den Stummel im Sand auszudrücken, sah er mehr als er hörte, wie sich zwei teure und für eine Strandparty völlig ungeeignete Lederstiefeletten näherten.

Mit einer Geste, die Trout als gleichmacherisch verachtete, hockte sich Gerald zu ihm auf den Sand. Dann, als er sah, wie Trout mit der Hand über den Sand strich, fragte er: »Nanu – haben Sie eine Kontaktlinse verloren?«

Es war ein schwacher Versuch, Humor zu zeigen – der einzige, den Trout je bei Gerald erlebt hatte –, und ironischerweise rief er bei Trout das Gegenteil dessen hervor, was er bezweckte.

»Jetzt habe ich alle Steinchen des Puzzles beisammen«, sagte Trout hölzern.

Gerald zog die Brauen hoch; er wollte das Gewicht dieser zweifellos bedeutungsschweren Bemerkung erfassen.

»Sie haben mich zuvor überschätzt. Ich hatte bis dahin gar nichts kapiert.«

»Und jetzt haben Sie kapiert?«

»Ja.«

Gerald nickte langsam.

»Und was geschieht jetzt?«

»Ich muß Sie festnehmen. Unter Mordanklage.«

»Ich dachte – oder besser, ich hoffte, Sie würden die Sache auf sich beruhen lassen.«

»Für Geld?«

»Nein.« Geralds Stimme klang jetzt angespannt. »An Geld habe ich keinen Augenblick lang gedacht. Ist es das, was Sie wollen?«

»Nein.« Jetzt begegnete Trouts Blick zum ersten Mal dem seinen. »Warum sollte ich Sie laufen lassen?«

»Aus vielen Gründen, nehme ich an. Einer der naheliegendsten ist meine Mutter. Es dürfte sie vermutlich umbringen.« In seiner Stimme war nicht die Spur eines Flehens.

»Ja, das ist mir klar«, sagte Trout ebenso ruhig und nüchtern.

»Und wegen der armen Greta. Sie ist noch nicht stark genug. Einen Prozeß mit all den häßlichen Nebenerscheinungen . . .« Gerald zuckte mit den Schultern. »Es würde sie an den Rand des Wahnsinns bringen.«

»Das glaube ich weniger.«

»Und außerdem habe ich es nicht mit Absicht getan.«

»Ich weiß.«

»Sie – er – hat mich verhöhnt. Ich bin nicht mit einer Schußwaffe zu ihm gegangen.« Einen Augenblick lang herrschte tödliches Schweigen. »Wissen Sie, er – sie hat versucht, mich an diesem Abend zu verführen. Mir war elend, unsäglich elend. Meinetwegen, ihretwegen – wegen allem. Damit muß sie gerechnet haben. Deshalb hat sie mir den Revolver gegeben. Mit einer Anleitung, wie man ihn benützt. Sie hat mir vorgeschlagen, ich sollte den Lauf in den Mund stecken und dann abdrücken. Und ich hab's getan. Ich meine, ich habe ihn in den Mund gesteckt. Wissen Sie, daß ich jetzt noch den Geschmack im Mund habe? Aber sie hat zu früh gelacht, daher habe ich sie getötet. Können Sie mir das verdenken?«

»Nein. Ich bewundere Sie.«

»Und dennoch wollen Sie mich verhaften?«

»Ja.«

»Und warum?«

»Weil das meine Pflicht ist.«

»Es tut mir sehr leid, daß Sie es so sehen.«

»Mir auch, aber ich sehe es nun einmal nicht anders. Es dürfte übrigens nicht so schlimm werden, wie Sie vielleicht befürchten. Selbst der Staatsanwalt ist vermutlich auf Ihrer Seite. So oder so werden Sie mit einem blauen Auge davonkommen.«

»Es ist ja nicht das Gefängnis, vor dem ich Angst habe, wenn mir auch die Vorstellung nicht gerade gefällt. Aber es ist der Skandal – die Tatsache, daß es in Kürze ein jeder wissen wird.«

»Ja. Ich weiß.«

»Das ist das Hauptproblem, nicht wahr?« Sie lächelten sich traurig an. »Aber – wie sind Sie eigentlich hinter unser düsteres Familiengeheimnis bekommen – wenn es Ihnen nichts ausmacht, es mir zu berichten.«

»Cutter war betrunken und erinnerte sich an den Maskenball, bei dem er Greta kennenlernte. In diesem Augenblick paßte plötzlich alles zusammen.«

»Ich verstehe. Ich wäre also frei geblieben, hätte es nicht den Teufel Alkohol oder eine lange, unerwiderte Liebe gegeben?«

»Höchstwahrscheinlich. Ich selbst jedenfalls wäre vermutlich nicht draufgekommen. Und wenn George Cox sich durchgesetzt hätte, wäre keinem von den guten Leuten des Halesport Countys je etwas davon zu Ohren gekommen.«

»Vielleicht wäre das das Beste gewesen.«

»Eines ist mir allerdings noch nicht klar, Gerald – wie hat sie Nathans Wagen hinaufbekommen zu dieser Stelle an der Klippe? Sie ist von Boston mit einem Leihwagen hierhergefahren – wer hat also den Audi gesteuert? Ich kann mir vorstellen, daß sie diese Aufgabe jemand anders anvertraut hätte. Ganz zu schweigen von dem Risiko, daß der Audi gesehen und erkannt werden würde.«

»Das hat sie mir ausführlich erklärt. Am Tag ihres Verschwindens hat sie ihn in einem Schuppen der alten Ziegelei versteckt. Der Wagen ist immer hier in Fells Harbor gewesen.«

»Schon wieder eine Sache, bei der ich mich nicht mit Ruhm bekleckert habe.«

»Ich glaube, daß Sie sich deshalb keine Vorwürfe zu machen brauchen. Immerhin hat auch das FBI den Wagen nicht gefunden – und wohl auch nicht ausgerechnet hier, in allernächster Nähe, danach gesucht. Ich meine, einen Fluchtwagen sucht man nicht gerade an dem Ort, wo der Flüchtige aufgebrochen zu sein scheint.«

»Hat sie in dieser Nacht – hat sie etwas über mich gesagt?«

»Nein«, antwortete Gerald ein wenig allzu prompt. »Nein, gar nichts.«

Jetzt spielt er wieder Lancelot, dachte Trout, den gefühlvollen Ritter des Leugnens. Aber Gerald hatte recht: Es war besser, wenn er es nicht wußte. »Ich bin durch diesen Fall gestolpert wie ein neugeborenes Kalb – es war Ihr Pech, daß ich schließlich sogar über die Wahrheit stolpern mußte«, entschuldigte er sich. »Jetzt rufe ich Agronski. Er wird Sie zurückbegleiten in – in die Stadt. Muß ich mir Sorgen machen um Ihre derzeitigen Pläne?«

»Ich laufe nicht davon, wenn Sie das meinen sollten. Es würde nichts nützen. Aber ich möchte mich von Sophie und George verabschieden. – Nicht? Ich verstehe. Wir sollen es uns nicht noch schwerer machen, wie?« In seiner Stimme war keine Spur von Feindseligkeit zu erkennen. »Dann werde ich mit Ihrer Erlaubnis meine Mutter suchen und ihr eine Erklärung geben, warum ich jetzt aufbreche. Mir wäre es sehr lieb, wenn sie erst morgen früh alles erfahren würde.«

»Ich fahre mit Ihnen morgen früh zur Villa. Sie können es ihr dann selbst sagen.«

»Kann ich das? Ich danke Ihnen. Ich muß auch mit Greta sprechen – das wird noch schwieriger sein. Sie wird natürlich wissen, daß man mich festgenommen hat, aber ich glaube, sie wird es schon um meiner Mutter willen diese eine Nacht noch für sich behalten.«

»Okay. Wenn Sie fertig sind, kommen Sie wieder hierher. Agronski wird auf Sie warten.«

Trout wußte, daß es leichter gewesen wäre für Gerald, wenn er selbst ihn verhaftet hätte – aber das brachte er beim besten Willen nicht übers Herz.

Ganz langsam schlurfte Trout hinunter zu dem Feuer, an dem die Jungen saßen, Agronski und seine Frau waren auch dort, und jeder hatte ein schlafendes Kind im Schoß. Agronski überlegte sich, ob er zivilen Ungehorsam leisten sollte, als er sah, wie Trout ein paar Meter vor ihm stehenblieb, doch dann erhob er sich, ohne den Schlaf seines Söhnchens zu stören, und kam zu Trout herüber.

»Sir?« fragte er.

Trout dachte: Ob nur der Sand das Geräusch gedämpft hat, wie er die Hacken zusammenschlug?

»Gehen Sie hinüber zu der Düne unterhalb der Strandkiefern, und warten Sie dort auf Gerald Adams. Fahren Sie ihn dann in die Stadt, auf die Station, und verhaften Sie ihn offiziell unter dem Verdacht des Mordes. Homer soll die eine Zelle, in der er immer schläft, herrichten und in der anderen schlafen. Der Häftling soll es so bequem wie möglich haben. Und ich möchte nicht, daß Homer ein Wort davon in der Stadt verlauten läßt, bevor ich mit ihm gesprochen habe. Ich komme erst am Morgen auf die Station. Irgendwelche Fragen?«

Das war ziemlich grausam von Trout, da er wußte, daß Agronski mindestens ein Dutzend Fragen bereit hatte und alle Mühe aufwenden mußte, um den Mund zu halten und zu parieren wie ein braver Soldat.

»Eine, Sir. Verhafte ich ihn wegen Mordes an Eve Galatea?«

Trout wollte etwas sagen, überlegte es sich dann anders und erklärte: »Wegen Mordes an Nathan Adams.«

Trout mußte, ob es ihm paßte oder nicht, Agronski bewundern. Er hatte nicht einmal gezuckt, als ihm Trout diese Eröffnung machte, hatte lediglich den kleinen Jungen auf eine Decke im Sand gelegt und war dann an die Ausübung seiner Pflichten geschritten. »Ich suche Sie schon überall«, unterbrach Dr. Cutter die Gedankengänge des Sheriffs. »Ihre Frau läßt sagen, daß sie mit den Kindern nach Hause gefahren ist.«

»Danke.«

»Wenn ich das sagen darf: Ich finde, Sie müssen verrückt sein.«

»Sie dürfen. Und genau gesagt, überlege ich mir schon, ob ich meine gegenwärtige Verrücktheit als Grund für mildernde Umstände bei ihr anführen soll. Sie könnten dann als mein Sachverständiger auftreten.«

»Sie scheinen nicht zu ahnen, was Sie in ihr haben.«

»Sind Sie jetzt ihr Advokat geworden? Mir brauchen Sie nichts zu erzählen; ich kenne ihre Tugenden.«

»Entschuldigen Sie. Natürlich. Ich habe Ihnen nun mein Weh geklagt. Wollen Sie sich nicht revanchieren und mir sagen, was Sie bedrückt?«

»Warum nicht? Sie hören es ja doch spätestens morgen. Und wahrscheinlich sollten Sie es noch heute abend erfahren, damit Sie sich für bestimmte Eventualitäten bereithalten. Es könnte sein, daß man Sie morgen in der Hornsby-Villa dringend braucht.«

»Warum? Was ist passiert?«

»Wir haben Gerald Adams festgenommen.«

»Gerald? Aber weshalb denn?«

»Wegen dringenden Mordverdachts.«

»Aber das – das ist ungeheuerlich! Er hatte kein Motiv, diese Galatea umzubringen.«

»Er hatte ein starkes Motiv, seinen Bruder zu töten.«

»Haben Sie Nathans Leiche gefunden?«

»Unter den Umständen erweist sich das als eine Vexierfrage.«

»Ich weiß nicht, was Sie damit meinen.«

»Eve Galatea und Nathan Adams waren ein und dieselbe Person.«

»Sie sind wirklich übergeschnappt.«

»Gerald hat es bereits gestanden. Abgesehen davon kann es natürlich auch nachgewiesen werden. Ich hätte es schon vor zwei Tagen gewußt, wenn unser Gastgeber in der Lage gewesen wäre, mir über das Ergebnis seiner Autopsie ausführlich genug zu berichten. Er entdeckte dabei den Beweis dafür, daß Nathan an sich eine Geschlechtsumwandlung hatte vornehmen lassen, einschließlich plastischer Chirurgie und einer entsprechenden Operation. In der traditionellen Gepflogenheit des Landadels, seine Leibeigenen zu schützen, entschloß sich George Cox, diese doch in gewisser Weise ungewöhnliche Information für sich zu behalten und uns alle auf diese Weise vor dem Skandal zu schützen. Zu seiner Verteidigung muß ich allerdings sagen, daß ihn seine Entdeckung immerhin so sehr verwirrte, daß er nach Bangor gefahren ist und dort den Rat eines seiner Amtskollegen einholte und daß er zu dem Schluß kam – ein Trugschluß, wie wir inzwischen wissen –, daß seine Entdeckung nichts damit zu tun hatte, wer sie – oder ihn – umgebracht hat.«

»Sind Sie wirklich sicher?« Cutter konnte seine Skepsis nicht verbergen.

»Es gibt Beweise im Übermaß. Eve Galatea nahm sich eine Wohnung in Boston, ungefähr zu der Zeit von Nathan Adams' Verschwinden. Sie war in den ersten Monaten selten dort; man nahm an, daß sie auf Reisen gewesen sei. Als sie sich danach dort aufhielt, ließ sie sich kaum sehen. Das heißt nichts anderes, als daß sie sich in der vermeintlichen Reisezeit hatte operieren lassen und daß es danach noch eine Weile dauerte, ehe der Schmetterling aus dem Kokon schlüpfen konnte. Selbst danach sprach sie selten, und wenn, dann nur in Flüstertönen. Das muß der schwierigste Teil gewesen sein: die Stimme so zu trainieren, daß sie wie die einer Frau klang.

Danach machte sie sich daran, ihre Identität zu belegen, für den Fall, daß wir sie als Zeugin des angeblichen Selbstmords genauer überprüfen würden. Gelungen ist ihr das zum Teil mit Hilfe eines Winkeladvokaten. Jetzt, wo wir wissen, unter welchem Namen wir forschen müssen, werden wir vermutlich den Rest des unterschlagenen Geldes auf einem europäischen Konto entdecken. Nachdem sie sich eine neue und einigermaßen sichere Identität besorgt hatte, war es Zeit, Nathan Adams endgültig loszuwerden. Daher der angebliche Selbstmord.«

»Aber warum ist er – sie – hierher zurückgekommen? Warum sollte sie dieses Risiko eingehen?«

»Was denn für ein Risiko? Sie selbst haben sie bei der Voruntersuchung gesehen, und Sie haben sie nicht erkannt. Auch Mildred Hornsby-Adams war dort, und sie hat ihren eigenen Sohn nicht erkannt ... Ja, vielleicht ist sie unter anderem zurückgekommen, weil es ihr darauf ankam, daß gerade hier der Tod von

Nathan Adams endgültig festgelegt wurde. Wenn es ihr hier gelang, würde man anderswo sicher keine Zweifel mehr erheben. Aber vielleicht konnte sie auch der Versuchung nicht widerstehen. Sie wollte uns alle herausfordern, wollte sich selbst beweisen, daß man sie nicht mehr erkannte. Der Hauptgrund scheint mir allerdings zu sein, daß sie den Ablauf beobachten wollte. Sie wollte sehen, wie ihre Mutter, wie ihr Bruder reagieren würde. Und Greta. Sie wollte sehen, wie sie das Hinscheiden von Nathan Adams betrauerten.«

»Aber Greta hat sie erkannt. Auf dem Zeugenstand.« Cutter lief ein Schauder über den Rücken.

»Ja, und damit hatte Eve Galatea nicht gerechnet. Sie änderte daraufhin ihren Plan, entschloß sich aber zu bleiben und zu sehen, wie sich die Sache entwickeln würde. Ich glaube, sie hat sich nicht einmal Sorgen darüber gemacht. Greta würde zu ihr halten, darauf konnte sie sich verlassen. Und selbst wenn Greta vorgehabt hätte, Eve Galatea zu vernichten, hätte sie es nicht getan angesichts des Risikos, daß sie dabei auch Mildred Adams vernichten würde.

Eines freilich hatte Eve Galatea nicht vorhergesehen: daß Greta infolge ihrer Schwäche nach dem Selbstmordversuch Gerald ins Vertrauen zog.«

»Aber Gerald hätte eine solche Geschichte nicht geglaubt – nicht, wenn er sie von Greta hörte. Wir alle waren der Meinung, daß sie psychisch aus dem Lot geraten war.«

»Sicher, aber er kannte andererseits seinen Bruder Nathan. Gerald hat nie an die Geschichte mit dem Selbstmord geglaubt. Wenn er Gretas Geschichte bezweifelte, so hatte er zumindest vor, sich selbst umzusehen und seine Zweifel auszuräumen – oder bestätigt zu finden.

In der Nacht, nachdem Sie und Mrs. Adams zu Bett gegangen waren, hat Greta es Gerald gestanden. Mrs. Adams hatte gehört, wie seine Schlafzimmertür ins Schloß fiel, kurz bevor sie einschlief – aber er hatte sie nur von außen zugemacht und dann das Haus verlassen, um in das Motel zu fahren, wo Eve Galatea wohnte.

Dort muß eine entsetzliche Szene stattgefunden haben. Zunächst hat sie, wie ich annehme, alles abgestritten. Dann hat sie Gerald sexuelle Avancen gemacht und dabei alles zugegeben, ohne ihm das kleinste Detail zu ersparen. Er hatte schon immer ein eher schwach entwickeltes Selbstbewußtsein, und sie brauchte nicht viel Raffinesse anzuwenden, um ihre Schande auf ihn abzuwälzen und ihn unter einem Gebirge von Selbstverachtung zu begraben. Dann reichte sie ihm ihren Revolver und wünschte ihm mehr Glück in der nächsten Welt. Das Erstaunlichste an dem ganzen Fall ist meines Erachtens, daß Gerald sich nicht selbst erschossen hat. Nicht einmal, nachdem er sie getötet hatte.

Als wir am Tag danach das Motel-Zimmer nach Fingerabdrücken untersuchten, fanden wir zwei ganz deutliche Sätze. Ich machte den Fehler anzunehmen, daß es die ihren seien, weil sie auch auf den Dingen gefunden wurden, die ihr gehörten. Agronski aber, ein guter und sorgfältiger Bursche, hat sie in den Computer eingegeben. Es stellte sich heraus, daß es die Abdrücke von Nathan Adams waren. Also schlossen wir daraus, daß Nathan noch am Leben war und Eve, die seine Verschwörerin gewesen sein mochte, getötet hatte. Ich hatte ihre Abdrücke nicht überprüfen lassen.« Trout schüttelte den Kopf, als könne er es selbst kaum glauben. »Es war natürlich nicht nötig gewesen, als sie zu uns kam und von dem Selbstmord an der Klippe berichtete. Und nachdem sie tot war – nun, normalerweise nimmt man die Abdrücke nicht von den Opfern, sondern von möglichen Tätern. Und als Agronski die Abdrücke dann Nathan zuschreiben konnte, schien es, als hätten wir alles beisammen, bis auf Nathans Versteck.«

»Seine Abdrücke am Wagen und auf dem Abschiedsbrief . . .« sagte Dr. Cutter nachdenklich. »Eine glänzende Sache! Solange man die Galatea nicht erkennungsdienstlich erfaßte, was nur geschehen wäre, wenn man sie eines Verbrechens verdächtigt hätte, gab es für sie nichts zu befürchten.«

»Genau das ist es.« Trout ließ eine Pause entstehen, dann brach sein Zorn los. »Ich hätte es noch verstehen können, wenn Nathan schon immer den Wunsch gehabt hätte, eine Frau zu sein, und wenn er das Geld aus der Unterschlagung dazu benutzt hätte, sich eine neue Identität und die Kosten der Geschlechtsumwandlung zu bezahlen.« Trout stellte fest, daß er nun wieder von »ihm« und nicht mehr von »ihr« sprach. Als er fortfuhr, schnitt seine Stimme hart und rauh durch die Dunkelheit und legte so seine eigenen Wunden frei. »Ich hätte es verstehen können, wenn sie keine andere Wahl gehabt hätte. Aber für sie war der Körper nur das Werkzeug, um an das Geld heranzukommen. Die Geschlechtsumwandlung war nur der letzte, der äußerste Trick, die raffinierteste Manipulation.«

Die beiden Männer schwiegen eine Weile, dann sagte Cutter: »Gerald hat das nicht verdient. Sie – er – mußte getötet werden. Das war kein Mord, das war Dienst an der Öffentlichkeit.«

»Ich muß trotzdem meinen Job tun. Es ist Sache des Gerichts, die Tat zu beurteilen.«

Cutter starrte ihn an und kämpfte mit widerstrebenden Gefühlen. Für den Mann neben ihm aber empfand er Mitleid, das schließlich die Oberhand gewann. »Ja. Natürlich.«

»Es wird ohnehin keine Anklage wegen Mord ersten Grades geben«, sagte Trout zu seiner Verteidigung. »Und er wird den besten Anwalt und die Sympathie des Gerichts auf seiner Seite haben. Ich nehme an, er wird einigermaßen glimpflich davonkommen.«

»Und was wird mit Greta – und mit Mrs. Adams?«

»Sehen Sie, das ist der Punkt, wo Sie ins Spiel kommen müssen.«

»Aber was kann ich tun?«

»Sie sollten zunächst einmal dort sein, morgen früh. Sie sagten, Mrs. Adams denke daran, das Haus zu verkaufen. Überzeugen Sie sie davon, daß es besser ist, wenn sie statt dessen ihre Wohnung in New York aufgibt. Sie wird ohnehin bis zum Prozeß hier sein wollen. Und wenn sie diese Prüfung erst durchgestanden hat, wird sie auch wissen, wie viele Freunde sie hier hat. In New York wären Greta und sie nur Objekte einer morbiden Neugier. Hier wird das sicher nicht der Fall sein. Und Greta wäre in Ihrer Nähe.«

»Das ist für mich jetzt vorbei.«

»Wenn Sie es sagen . . .«

»Aber Sie haben recht – es ist etwas dran an Ihrem Vorschlag. Es wäre wohl für beide besser, wenn sie hierblieben. Ich werde sehen, was ich tun kann.«

Sie schüttelten sich die Hände, und Trout ging zu seinem Wagen.

Er überlegte sich, ob er ein wenig mit dem Alfa durch die Gegend fahren sollte, als Agronski keuchend auf ihn zugelaufen kam und immer wieder »Sir! Sir!« brüllte.

Trout war nicht in der Stimmung, seinem Deputy tröstend übers Haar zu streichen oder mit pfadfinderhafter Ernsthaftigkeit über gewisse Aspekte des Falles Galatea zu diskutieren, die Agronski offenbar noch Schwierigkeiten bereiteten.

»Ja?« sagte er und drehte sich abrupt um, als er vor seinem Wagen stand. »Was gibt's?«

»Gerald Adams ist in seiner Zelle. In der Hinsicht ist alles in Ordnung. Homer wundert sich freilich ein bißchen.«

»Das ist gut«, sagte Trout und hoffte, daß Agronski nun gehen würde.

Der Deputy zögerte, dann sagte er wieder: »Sir?«

»Ja?« Trouts Lippen bewegten sich, aber er hatte die Zähne fest zusammengebissen.

»Ich habe über Ihren Vorschlag nachgedacht, Sir, und ich habe auch mit meiner Frau darüber gesprochen. Sie fand, daß es an der Zeit sei, einen solchen Schritt zu unternehmen. Wir haben auch mit ein paar Leuten gesprochen, nur um zu sehen, ob auch die anderen die Idee so – so ungeheuerlich finden. Aber wir waren überrascht. Ihre Reaktionen waren überwiegend positiv. Ich werde mich also bei der nächsten Wahl für das Amt des Sheriffs bewerben. Ich wollte es Ihnen sagen, bevor Sie es von offizieller Seite erfahren, und ich wollte Ihnen danken für das, was Sie mir beigebracht haben, und – nun ja, daß Sie mir Mut gemacht haben zu diesem Schritt.«

Trouts Reaktion begann mit Ärger und wandelte sich dann zu höchstem Erstaunen. Er lehnte an der offenen Wagentür und schaute an Agronski vorbei. Dann leckte er sich mit der Zunge über die trockenen Lippen und stellte bei dieser Gelegenheit fest, daß er seinen Kiefer wieder bewegen konnte.

Trout stieg in den Alfa, zog die Tür zu, schaltete die Zündung ein und kurbelte das Fenster herunter. Er glaubte sogar, daß er Agronski anlächelte, als er sagte: »Nun, warum nicht?«